마술탐정
토키사키 쿠루미의
사건부

마술탐정 토키사키 쿠루미의 사건부

The artifact crime files
kurumi tokisaki

CONTENTS

마술탐정
토키사키 쿠루미의
사건부

타치바나 코우시 지음
츠나코 일러스트
이승원 옮김

이 세상에는 상식으로 가늠할 수 없는 불가사의한 사건이 존재한다.

—그것은, 마술공예품(아티팩트)의 짓이군요.

The artifact crime files
kurumi tokisaki

Case File
I

만약 탐정이라면, 이런 순간에
이런 말을 할지도 모르겠군요.

쿠루미 디텍티브

"비열한 범인이 보낸 협박장에는 이렇게 적혀 있었습니다. 오늘 밤, 이 저택에서 참극이 벌어질 것이다, 라고요—."

넓은 저택 안. 홀 중앙에 선 남자가 큰 목소리로 그렇게 말했다.

30대 중반 정도로 보이는, 키가 큰 남자였다. 얼굴은 잘 생겼지만 사냥 모자와 코트, 그리고 손에 쥔 낡은 담배 파이프가 그런 분위기를 수상쩍게 변모시켰다.

"하지만 안심해주시길! 이 명탐정 이타미 사다요시가 있는 한, 결코 범인 뜻대로는 되지 않을 겁니다!"

온몸으로 자기가 『탐정』이라고 주장하는 듯한 남자— 이타미는 두 손을 펼치며 힘찬 목소리로 그렇게 말했다.

그러자, 홀에 박수 소리가 울려 퍼졌다.

"……."

토키사키 쿠루미는 홀 구석에서 자신의 볼을 타고 땀이 흘러내리는 것을 느끼면서, 그 광경을 쳐다봤다.

……마치 연극의 한 장면을 보고 있는 느낌이 들었다. 아니, 그렇게 말하면 극작가에게 실례일까. 요즘 저렇게 탐정 느낌 물씬 나게 꾸민 탐정은 픽션 속에도 존재하지 않을 것이다.

하지만, 이것은 엄연한 현실이다. 적어도 이 저택에 수상쩍은 편지가 왔고, 이 저택 주인의 의뢰로 탐정이 초빙됐다는 점은 말이다—.

주인이 속은 게 아니라면, 그는 틀림없는 탐정이리라. 게다가 이런 자리에 초대된 것을 보면, 이 저택의 주인은 그를 신뢰하는 게 틀림없다.

그렇다고 수상쩍은 인상이 옅어지지는 않았지만—.

"……?!"

그 순간. 쿠루미는 작게 숨을 삼켰다.

아니, 쿠루미만이 아니다. 홀에 있는 이들 전원이 그녀와 같은 반응을 보였다.

하지만, 그것도 무리는 아니었다.

왜냐하면—.

"크, 억……."

이 자리에 있는 이들의 주목을 받고 있던 탐정의 가슴에서, 갑자기 피가 뿜어져 나온 것이다.

"꺄아아아아아아아아아아앗—?!"

"초, 총?! 대체 어디서……?!"

"위험해요! 다들 자세를 낮추고 테이블 밑으로 몸을 숨기세요!"

다음 순간, 홀 전체가 소란스러워졌다. 비명과 고함이 오가더니, 격렬한 발소리와 테이블을 뒤집는 소리, 그리고 유리잔이 깨지는 소리가 거기에 뒤섞였다.

그 와중에…….

"아니…… 설마, 진짜로—."

무너지듯 쓰러지는 탐정의 모습을 보면서, 쿠루미는 아연실색한 듯이 그 자리에 서 있었다.

그리고 그녀의 입술에서, 작은 목소리가 흘러나왔다.

"마탄의— 사수……."

쿠루미의 그 중얼거림은 누군가에게 전해지는 일 없이, 소음 속에 녹아들었다.

◇

이 일의 발단은 사흘 전 낮에 일어났다.

"당신이 토키사키 쿠루미 양이군요—!"

쿠루미가 사이토 대학의 캠퍼스 안을 걷고 있을 때, 갑자기 뒤편에서 하늘을 찌르는 듯한 목소리가 들려왔다.

낯선 목소리였다. 의아하게 여기며 뒤를 돌아보니, 그곳에는 한 소녀가 서 있었다.

"……."

그녀를 본 쿠루미는 한순간 움직임을 멈췄다.

그럴 만도 했다. 상대방은 긴 머리카락을 세로 롤 스타일로 멋지게 세팅하고, 캠퍼스 라이프에 어울리지 않는 드레스를 입은, 그림으로 그린 듯한 영애였던 것이다.

게다가 왼손을 허리에 대고 오른손을 쿠루미 쪽으로 뻗는다고 하는, 우아한 자세까지 취하고 있었다. 겉모습과 행동이 너무 절묘하게 어울린 탓에, 거꾸로 수상해 보일 지경이었다.

잠시 생각에 잠긴 쿠루미는…….

"사람을 잘못 보신 것 같군요."

얽히지 않는 편이 좋다고 판단하더니, 빙긋 웃어 보이며 그렇게 말한 후에 가던 길을 계속 갔다.

"자, 자, 잠깐……!"

하지만 소녀는 포기하지 않았다. 당황한 듯이 치맛자락을 흔들면서, 쿠루미의 앞으로 이동해서 막아섰다.

"기다려주세요! 시치미 떼더라도 소용없답니다! 이미 조사를 마쳤으니까요! 사이토 대학 1학년, 토키사키 쿠루미 양!"

"……, 당신은 누구죠?"

아무래도 시치미를 떼는 건 무리 같았다. 상대방이 이대로 고함을 지르게 내버려둬서 주목을 받는 것도 바람직하지 않을 것이다. 결국 쿠루미는 한숨을 내쉬며 그렇게 물었다.

그러자 소녀는 만족한 듯이 고개를 끄덕이더니, 멋진 포즈를 취하며 이렇게 말했다.

"저는 스카라베 마츠리카! 당신과 마찬가지로 1학년이랍니다! 앞으로 잘 부탁드려요!"

"그런 마츠리카 양은 저에게 무슨 볼일이죠?"

"잘 물어보셨어요! 당신에게 부탁하고 싶은 일이 있답니다!"

쿠루미가 그렇게 묻자, 힘찬 목소리로 그렇게 대답한 마츠리카는 품속에서 봉투 같은 것을 꺼냈다.

"그게 뭔가요?"

"얼마 전에 저희 저택에 온 수수께끼의 협박장이랍니다!"

"네……?"

맥락이 없어도 너무 없는 키워드였기에, 쿠루미는 얼이 나갔다.

하지만 마츠리카는 전혀 개의치 않으며, 말을 이었다.

"이것을 보낸 범인이 누구인지, 조사해줬으면 해요! 물론 공짜로 해달라는 건 아니에요! 충분한 사례를 준비—."

"멋대로 이야기를 진행하지 말아줬으면 좋겠군요. 대체 왜 저에게 그런 의뢰를 하는 거죠? 경찰이나 탐정에게 의뢰해야 마땅하지 않을까요?"

"경찰에는 이미 신고했고, 아버님께서 개인적으로 친분이 있는 탐정께서도 조사에 착수하셨답니다!"

"……그걸로 충분하지 않나요?"

"저도 뭔가 하고 싶단 말이에요!"

머리가 지끈거리기 시작한 쿠루미는 어찌어찌 말을 이었다.

"……당신의 사고방식은 전혀 이해가 안 되지만, 하고 싶은 말이 뭔지는 알겠군요. 하지만 어째서 협박장의 조사를 저에게 의뢰하는 거죠?"

"어떤 분께서 당신을 소개해주셨답니다!"

"어떤 분?"

"쿨한 재녀(才女)라고만 밝혀두겠어요—!"

"……."

그 표현을 듣자마자 머릿속에 떠오른 건, 동급생인 토비이치 오리가미였다.

아마 처음에는 사이토 대학 창설 이래의 수재라 불리는 오리가미에게 의뢰했지만, 거절한 그녀가 자신을 소개했으리라.

"정말…… 귀찮은 일을 떠넘기지 말아줬으면 좋겠군요."

"하지만 그분은 협박장을 보자마자, 이건 토키사키 쿠루미 양의 영역이라고 말씀하셨어요!"

"제 영역……?"

쿠루미는 미간을 살짝 찌푸렸다. 아무리 마츠리카를 상대하는 게 귀찮더라도, 오리가미가 아무 의미 없이 그런 말을 할 리가 없다.

"그 협박장, 봐도 될까요—?"

"물론이죠!"

마츠리카는 고개를 힘차게 끄덕이더니, 봉투를 내밀었다.

쿠루미는 봉투를 꼼꼼히 살펴본 후, 안에 들어 있는 편지를 꺼내서 내용을 읽어봤다.

『5월 18일.

스카라베 저택에서 참극이 일어날 것이다.

마탄의 사수.』

거기에는 밋밋한 인쇄체로 그렇게 적혀 있었다.

내용 자체에는 주목할 구석이 없었다. 협박인지 아닌지도 확실치 않은, 그저 의미심장하게 보이기만 하는 문장이다.

하지만, 그 편지를 보낸 이로 추정되는 이름만은, 묘하게 신경이 쓰였다.

"마탄의 사수—."

"네. 베버군요. 헉, 설마 범인은 오페라 마니아인 걸까요—?!"

마츠리카는 뭔가를 눈치챈 것처럼 어깨를 부르르 떨었다.

확실히 『마탄의 사수』는 독일의 작곡가인 칼 마리아 폰 베버의 오페라다. 범인이 무게를 잡아보려고 거기서 이름을 따왔다고 생각하는 게 자연스러우리라.

하지만 그 이름을 본 순간, 쿠루미의 뇌리를 스친 것은 다른 생각이었다.

"설마…… 그럴 리는 없겠지만……."

"어? 왜 그러시죠?"

갑자기 생각에 잠긴 쿠루미를 이상하게 여긴 건지, 마츠리카는 고개를 갸웃거렸다.

황당무계한 이야기다—. 우연의 일치에 지나지 않는다.

하지만, 어째서일까. 쿠루미의 가슴 깊은 곳에 생겨난 미세한 술렁거림이, 그녀가 고개를 가로젓는 것을 허락하지 않았다.

"맡도록 하죠……."

"네?"

"의뢰를 맡겠다, 고 말했답니다. 자세한 이야기를 들려주시겠어요?"

"아—! 정말인가요?!"

쿠루미의 말을 들은 마츠리카가 환한 표정을 짓더니, 그녀의 손을 힘차게 쥐었다.

"아아, 감격했어요! 역시 어둠을 걷어내는 건 지성과 자애, 그리고 약간의 폭력이랍니다!"

그 기세에 눌린 쿠루미는 의뢰를 수락한 걸 후회하게 될 것 같았지만…… 이미 배는 떠났다. 어쩔 수 없다고 생각한 쿠루미는 고개를 저으며 어깨를 으쓱했다.

"그것보다 아까부터 신경 쓰였는데, 당신의 그 말투는 뭐죠? 아무리 상류층 영애일지라도 요즘 시대에는 그런 말투를 쓰지 않는답니다."

"윽?! 당신한테만은 그런 말을 듣고 싶지 않군요!"

쿠루미가 흘겨보며 그렇게 말하자, 마츠리카는 납득이 안 된다는 듯이 큰소리로 그렇게 말했다.

◇

"……."

탐정 저격 사건 직후.

스카라베 저택 별관의 한 방에서, 쿠루미는 의자에 앉아 생각에 잠겨 있었다.

많은 이들이 모여 있는 자리에서, 홀 한가운데에 서 있던 탐정이 총에 맞았다—. 발생한 일만 단순하게 본다면, 그게 전부다. 홀에는 경찰관도 있었고, 저택의 경호원도 있었다. 저격이 가능한 장소도 한정되어 있다. 범인은 금방 발견될 것이다.

하지만 어째서일까. 뭔가가 머릿속에 계속 걸렸다. 쿠루미는 턱을 매만지며 생각에 잠겨 있었다.

하지만—.

"어어…… 저……! 어, 어쩌면 좋죠, 어쩌면 좋죠! 저희 저택에서 큰 사건이 발생하고 말았어요~!"

지금 쿠루미가 있는 장소가 생각에 잠기기에 적합하냐면, 절대 그렇지 않았다.

안절부절못하며 시선을 사방으로 돌리던 마츠리카는 두 손을 부들부들 떨며 고함을 질렀다. 쿠루미는 작게 한숨을 내쉬면서, 그녀를 쳐다봤다.

"좀 진정하세요, 마츠리카 양."

"눈앞에서 사람이 총에 맞았는데, 어떻게 진정하냔 말이에요! 쿠루미 양이야말로 어째서 그렇게 차분한 거죠?!"

"익숙하니까요."

"네?"

"아무것도 아니랍니다."

쿠루미는 얼버무리듯 그렇게 말하더니, 다시 방 안을 둘러봤다.

이곳에는 사건 현장인 홀에 있던 사람들이 모여 있다.

마츠리카의 아버지와 어머니, 저택의 하인 네 명, 경호원 두 명. 그리고 쿠루미와 마츠리카를 더해 총 열 명이 있다. 함께 있던 경찰관은 현재 홀에서 현장 검증에 참여하고 있는 것 같았다.

저격을 당할 위험이 있는 그 장소에 계속 있을 수는 없지만, 이 자리에 있는 전원이 중요 참고인이기에 내버려둘 수도 없다. —그러니 보디 체크를 마친 그들을 별관에 있는 방에 가둬둔 것이다. 그래도 방이 꽤 넓은 데다 설비도 잘 갖춰져 있기에, 딱히 불편하지는 않았다.

하지만 그렇다고 해서, 느긋하게 있을 수는 없었다. 마츠리카처럼 고함을 지르지는 않지만, 다들 적지 않게 동요한 것 같았다.

"『마탄』……."

쿠루미는 작게 중얼거렸다.

수수께끼의 편지만이라면 몰라도, 총격 사건까지 일어나고 말았다. 원래라면 경찰에서 맡아야 할 것이다.

하지만 『마탄의 사수』를 자처하는 이에게서 편지가 온 후에 정체불명의 총격 사건이 발생했다는 점이 쿠루미의 가슴을 술렁거리게 했다.

"마츠리카 양—."

쿠루미는 마음을 다진 후, 마츠리카 양을 불렀다.

"아, 네? 무슨 일이죠?"

"당신, 저한테 말했었죠? 편지를 보낸 범인을 찾아달라고요."

"아, 네. 그랬었죠……."

이마에 땀방울이 맺힌 마츠리카가 그렇게 말했다. 쿠루미는 작게 한숨을 내쉰 후, 의자에서 일어섰다.

"원래 이런 건 탐정이 할 일이지만…… 탐정이 퇴장했으니 어쩔 수 없군요. 불초 토키사키 쿠루미가 이 수수께끼를 풀겠어요—."

쿠루미는 마츠리카를 데리고 별관을 나서더니, 사건 현장인 홀이 있는 본관으로 향했다.

홀의 입구에는 형사 드라마에서 흔히 보는 노란색 테이프가 처져 있으며, 여러 형사와 경관이 홀 안에 있었다.

쿠루미와 마츠리카가 홀 안을 들여다보려고 하자, 이 계절에 어울리지 않는 롱코트 차림의 초로의 남자가 그것을 눈치채고 빠른 걸음으로 다가왔다.

"이봐, 뭐 하는 거야? 너, 홀에 있었던 애 맞지?"

"네, 토키사키 쿠루미라고 한답니다. 괜찮다면, 현장을 좀 살펴보고 싶군요."

쿠루미가 그렇게 말하자, 남자는 미간을 모으며 대답했다.

"무슨 소리를 하는 거야. 당연히 안 돼. 나중에 조사할 테니까, 그때까지 기다리—."

"어머, 사다 아저씨—. 그 정도는 괜찮지 않나요?"

"……?!"

하지만 쿠루미의 뒤편에서 마츠리카가 고개를 빼꼼 내민 순간, 남자 — 사다란 이름의 — 의 안색이 확 변했다.

"마, 마츠리카 아가씨……!"

"쿠루미 양은 제가 모셔 온 탐정이에요. 분명 도움이 될 거랍니다."

"……탐정, 너무 많지 않습니까?"

사다는 지당하기 그지없는 태클을 날렸지만, 마츠리카는 개의치 않는 것 같았다.

"지금은 1인 1탐정의 시대니까요!"

"하, 하아…… 하지만 범인이 어디 숨어 있을지 모르는 만큼, 두 분을 위험에 처하게 할 수는……."

"어머, 우수한 형사님들이 이렇게 계시니 괜찮지 않을까

요?"

"하, 하지만 말이죠……."

"안 될까요……?"

마츠리카가 어리광을 부리는 투로 말했다.

사다는 한동안 당혹스러운 표정을 지었지만, 이윽고 체념한 듯이 한숨을 내쉬었다.

"……특별히 허락해드리는 겁니다. 저희 눈이 닿지 않는 곳에 가지 않을 것. 그리고 현장에 있는 것을 함부로 만지지 말 것. 꼭 지켜주십시오."

"물론이죠! 안 그래요? 쿠루미 씨!"

"네, 네. 알겠답니다."

쿠루미는 고개를 끄덕이며 그렇게 말한 후, 마츠리카를 데리고 사건 현장인 홀에 들어섰다. 그리고 사다가 고개를 절레절레 저으며 뒤따랐다.

"……그건 그렇고 용케 현장 출입을 허락받았군요, 마츠리카 양."

"오~호호호! 이러니 힘 있는 가문에서 태어나야 하는 법이랍니다~!"

쿠루미의 질문에 마츠리카는 웃음을 터뜨리며 답했다. 아까까지는 남의 집 치와와처럼 떨고 있었지만, 이제는 마음이 좀 진정된 것 같았다.

왠지 계급사회의 어둠을 들여다본 듯한 느낌이 들지 않

는 것도 아니지만, 사건 현장을 조사할 수 있는 건 다행이다. 일단 지금은 괜한 소리를 하지 말자고 마음먹으면서, 쿠루미는 걸음을 내디뎠다.

탐정이 저격을 당한 홀 중앙의 바닥에는 붉은 꽃이 피어난 것처럼, 넓은 공간에 핏자국이 남아 있었다.

"흠……."

쿠루미는 작게 신음을 흘리더니, 몇 시간 전의 기억을 떠올리면서 그 핏자국의 주위를 둘러봤다.

"사다 씨라고 하셨죠—? 탐정님의 용태는 어떤가요?"

"응? 아…… 자세한 건 병원에서 연락이 와야 알겠지만, 일단 목숨은 건졌나 보더군."

"그건 참 다행이에요. 하지만…… 기묘한 일도 다 있군요. 피해자가 이 저택의 관계자가 아니라, 우연히 이곳에 불려온 탐정님이라니 말이에요. 범인은 무차별적으로 표적을 정한 것일까요?"

"그 점은 현재 조사 중이지."

"흠— 그렇다고 해도 불행 중 다행이군요. 제 눈에는 가슴을 정확하게 꿰뚫린 것처럼 보였는데 말이죠."

"아, 그게 말이지……."

사다는 뭔가 걸리는 점이 있는 듯한 표정을 지었다.

"혹시 마음에 걸리는 점이라도 있으신가요?"

"있으신가요?"

쿠루미의 말을 따라 하듯 마츠리카가 그렇게 말하자, 사다는 내키지 않는다는 투로 말했다.

“범행에 쓰인 총탄이 말이지……. 좀 특이하더라고.”

“어떻게 말이죠?”

“아가씨들은 이해를 못 할지도 모르지만…… 현재 일반적으로 쓰이는 게 아냐. 흔히 납탄이라고 부르는 거지. 골동품이라고 해도 과언이 아닐걸?”

“즉, 범행에 쓰인 총은 탄약을 총구로 채워 넣는 구식 전장총(前裝銃)이란 말인가요?”

쿠루미가 그렇게 말하자, 사다는 놀란 것처럼 눈을 동그랗게 떴다.

“뭐야. 박식한걸.”

“숙녀의 소양이랍니다.”

어깨를 으쓱하며 그렇게 말한 쿠루미의— 눈썹이 갑자기 희미하게 흔들렸다.

“잠깐만요. 만약 범행에 쓰인 총과 탄환이 구식이라면, 그 순간에 꼭 존재했어야 하는 것이 있답니다.”

“존재했어야 하는 것……?”

마츠리카는 영문을 모르겠다는 듯이 고개를 갸웃거렸다. 그러자 쿠루미는 고개를 끄덕이며 말을 이었다.

“네. 총성이에요—.”

“아…… 듣고 보니 그렇군요. 그러고 보니 그때는 소리

가 들리지 않았어요."

쿠루미와 마츠리카가 그렇게 말하자, 사다는 미간을 찌푸렸다.

"총성이…… 안 들렸어? 다른 소리에 가려졌던 게 아니라?"

"네. 믿기지 않는다면 다른 분께도 물어보세요. 소음기 같은 걸 쓴 건 줄 알았는데…… 전장총에 소음기를 달 수 있다는 말은 들어본 적도 없군요."

"그럼…… 뭐가 어떻게 된 거죠?"

"애초에 총이 쓰이지 않았거나— 소리가 들리지 않을 만큼 먼 곳에서 쐈다, 란 거랍니다."

"아하! 대단해요, 쿠루미 양!"

마츠리카는 손뼉을 치며 환한 목소리로 말했다.

하지만 쿠루미와 사다의 표정이 어둡다는 사실을 눈치챈 건지, 그녀는 손을 슬그머니 내리며 고개를 갸웃거렸다.

"저기…… 뭔가 이상한 점이라도 있나요?"

"……네."

마츠리카의 의문에 답한 이는 사다였다. 그는 미간에 깊은 주름을 만들면서 말을 이었다.

"당연하다면 당연한 거지만, 총을 쓰지 않고 탄환을 발사하는 건 어렵습니다. 새총 같은 것을 이용하면 탄환을 사출하는 게 가능하겠지만, 총 만큼의 위력은 나오지 않아요."

"흠흠."

"그리고, 탄환이 발사된 것으로 추정되는 방향을 조사해 봤지만, 저택 밖에서 저격할 만한 장소는 없었죠. 게다가 깨진 창문이나 탄환 같은 것도 발견되지 않았습니다. 저택은 엄중한 경계 태세였고, 누군가가 외부에서 침입한 흔적도 없으며, 저택 안에서도 아직까지는 수상한 인물을 발견하지 못했어요. 물론 자동으로 탄환을 쏘는 장치 같은 것도 찾지 못했습니다."

"그 말은, 즉……."

마츠리카는 의미심장하게 턱을 쓰다듬은 후, 인상을 찡그렸다.

"……어떤 의미인가요?"

"외부에서의 저격일 가능성은 낮고, 홀 안에 있던 사람이 총을 쐈다고 보기도 어려우며, 정체불명의 인물이 숨어 있는 것도 아니다, 란 의미랍니다."

"아하! 대단해요, 쿠루미 양!"

마츠리카는 아까처럼 손뼉을 쳤다.

하지만 곧 쿠루미가 한 말의 의미를 이해한 건지, 식은 땀을 삐질삐질 흘리기 시작했다.

"……그 말은 누구도 범행이 불가능하다, 란 의미 아닌가요?"

"단적으로 말하자면, 그렇다고 할 수 있겠죠."

쿠루미가 눈을 살짝 내리깔며 그렇게 말하자, 「어어~……?」

하고 신음을 흘리며 팔짱을 낀 마츠리카는 몸을 배배 꼬듯 고개를 갸웃거렸다.

그렇다. 평범하게 생각해보면 있을 수 없는 일이다. 이른바 불가능 범죄라는 것이다.

하지만 실제로 사건이 일어난 만큼, 누군가가 어떤 방법으로 그것을 해낸 게 틀림없다.

“『마탄의 사수』—.”

쿠루미는 편지에 적혀 있던 이름을, 작게 중얼거렸다.

“제 앞에서 그 이름을 자처하다니, 배짱 한번 좋군요—.”

◇

—『마탄』.

한번 쏘면, 반드시 목표에 명중하는 마성의 탄환.

온갖 장애물을 피해서, 사냥감이 제아무리 도망치더라도, 절대 빗나가지 않는다.

베버의 오페라 『마탄의 사수』에서는 사냥꾼이 악마 자미엘에게 제조법을 배운 것으로 되어 있다.

물론 평범하게 생각해보면, 그것은 공상 속의 세계에만 존재하는 도구다.

만약 그런 힘을 지녔다면, 만약 그런 게 존재한다면, 그런 사람들의 희망과 망상을 작곡가가 형상화했을 뿐이다.

하지만—.

"……."

쿠루미는 의자에 앉아서, 그런 생각에 잠겨 있었다.

스카라베 저택 별관의 한 방. 아까 다른 이들과 함께 대기하고 있던 방의 옆방이다.

쿠루미의 옆에는 마츠리카가, 그리고 앞에는 사다와 이 저택의 하인 한 명이 마주 보듯 앉아 있었다.

"그럼 당신은 사건이 일어났을 때, 홀의 어느 위치에서 뭘 하고 있었죠—?"

"아, 네. 저는 아마 이쯤에서—."

사다가 질문을 하자, 하인은 긴장한 표정으로 대답했다.

그렇다. 간략하게 현장 검증을 마친 쿠루미와 마츠리카는 현재, 사건 발생 당시에 홀에 있던 이들을 조사하는 자리에 동석하고 있었다.

원래라면 일개 대학생 두 명이 이런 자리에 동석하는 건 말도 안 되는 일이지만, 이번에도 마츠리카의 응석이 먹혔다. 게다가 조사를 받는 이가 스카라베 저택의 관계자이기에 불평을 할 수 있는 이가 없었을 뿐일지도 모르지만 말이다.

"흠흠… 그 위치에선 범행이 무리겠군요. 그렇죠—? 쿠루미 양."

흥미롭다는 듯이 고개를 끄덕이며 메모를 하던 마츠리카

가 갑자기 말을 건네자, 쿠루미는 무심코 어깨를 부르르 떨었다.

"쿠루미 양, 왜 그러시죠?"

"아— 아뇨. 잠시 생각에 잠겼을 뿐이랍니다."

쿠루미는 그렇게 말하더니, 어느새 숙이고 있던 고개를 들어서 정면을 쳐다봤다.

딱히 이야기를 듣고 있지 않았던 것은 아니지만, 홀에 있었던 인간의 행동을 들어봤자 중요한 정보를 얻을 수 있을 거란 생각은 도저히 들지 않았다.

사다 또한 비슷한 생각일 것이다. 다른 용의자가 없기에 일단 조사를 하는 듯한 눈치였다. 마츠리카만은 기분이 고조된 채, 한 마디 한 마디에 고개를 끄덕이며 메모를 하고 있었다.

"범행이 일어난 순간, 총성 같은 건 들었습니까?"

"총성…… 아뇨, 그런 소리는 못 들은 것 같은데요……."

사다의 질문을 들은 하인이 미간을 살짝 모으며 그렇게 대답했다. 그 증언은 다른 아홉 명과 동일했다.

하지만 바로 그때, 뭔가가 생각난 것처럼 하인의 눈썹이 떨렸다.

"저기, 총성이란 것은 영화에서처럼 탕! 하는 소리…… 맞죠?"

"네. 기본적으로 화약이 터지는 소리죠. 혹시, 짚이는 구석이 있습니까―?"

"아뇨……. 하지만 이틀 전이었을까요……. 청소를 하다, 딱총 소리 같은 걸 들은 것 같아서요……."

하인이 그렇게 말하자, 희미하게 상체를 앞으로 숙이고 있던 사다는 작게 한숨을 내쉬었다.

"이틀 전……입니까. 그건 관련이 없을 것 같군요."

"아, 네…… 죄송합니다."

하인은 송구하다는 듯이 어깨를 움츠렸다.

사다는 「아뇨」 하고 말한 후, 질문을 이어갔다.

그리고 그 후로 몇 번 질의응답을 되풀이한 후, 조사가 끝났다.

"으, 으음…… 이게 다예요."

"협력 감사합니다. 지시가 있을 때까지 옆방에서 대기해 주시겠습니까?"

"아, 네……."

하인은 의자에서 일어나더니, 고개를 숙인 후에 나갔다.

쿠루미와 마츠리카의 조사는 미리 했기에, 이것으로 범행 당시에 홀에 있던 인간 전원의 이야기를 들었다. 사다는 휘갈겨 쓴 듯한 수첩의 메모를 보면서 머리를 긁적였다.

"으음. 예상하긴 했지만, 역시 수상한 움직임을 보인 인간은 없나……."

"네. 만약 그 자리에 있던 이 중 누군가가 미심쩍은 행동을 취했다면, 제가 눈치채지 못했을 리가 없답니다. 적어도 총의 기척을 놓칠 만큼, 감각이 녹슬지는 않았다고 생각하니까요."

"전장에라도 있었던 거냐고……."

쿠루미의 발언을 농담으로 받아들인 건지, 사다는 어깨를 으쓱하며 쓴웃음을 흘렸다. 쿠루미는 가볍게 미소 지으면서 「비슷하답니다」 하고 답했다.

그들이 그런 대화를 나누고 있을 때, 갑자기 방문이 열리면서 경찰관 한 명이 들어왔다.

"경감님! 저택 안을 수색하다, 흉기로 추정되는 총을 발견했습니다!"

""""……!""""

경찰관이 흥분한 어조로 그렇게 말하자, 세 사람은 서로를 쳐다봤다.

"어디지? 안내해."

"네, 이쪽입니다!"

그렇게 말한 경찰관과 사다는 빠른 걸음으로 이동했다. 쿠루미와 마츠리카도 가볍게 고개를 끄덕인 후, 그 뒤를 따랐다. 경찰관은 한순간 놀란 듯한 반응을 보였지만, 사다가 동행하는 두 사람에게 아무 말도 하지 않자 의아해하면서 계속 안내했다.

본관에 들어선 일행은 그대로 2층으로 올라가더니, 긴

복도 끝에 있는 방 앞으로 이동했다.

아무래도 그곳은 창고 같은 장소 같았다. 비싸 보이는 장식품이 놓여 있기는 하지만 사용 목적으로 배치된 것은 아니었으며, 방구석에서부터 차례차례 놓여 있을 뿐인 느낌이었다.

그리고 그 방 안쪽의 벽에는 정밀하게 세공된 머스킷총 두 자루가 총신이 교차하도록 장식되어 있었다.

"이건가?"

"네. 오른쪽 총에서 최근에 쓰인 흔적이 발견됐습니다. 지문은 검출되지 않았고요."

"그래……."

사다는 턱을 쓰다듬으면서, 방금 들어온 문쪽을 쳐다봤다.

"범인은 이 총을 꺼내거나 혹은 미리 어딘가에 숨겨둔 후, 탐정을 저격. 그리고 그 후에 혼란을 틈타 이 방에 총을 다시 가져다 뒀다는 건가—."

하지만 쿠루미는 눈을 가늘게 뜨며 팔짱을 꼈다.

"꽤나 비효율적인 행동이군요."

"범인이 무조건 효율적인 행동을 취할 거란 보장은 없지. 아니면 그것보다 더 나은 방법이 있다는 건가?"

사다는 미간을 찌푸리며 그렇게 말했다.

"글쎄요—."

쿠루미는 오른손을 총으로 삼는 것처럼 검지와 엄지를

세우더니, 그 끝으로 복도 쪽을 겨눴다.

"예를 들어, 이 방에서 홀에 있는 탐정님을 바로 쐈다는 건 어떨까요—?"

"뭐라고?"

쿠루미가 그렇게 말하자, 사다는 인상을 찡그렸다.

"바보 같은 소리 마. 이 방과 홀이 얼마나 떨어져 있는지 알아? 그리고 당연한 소리지만, 총탄은 일직선으로만 날아가지. 배배 꼬인 복도와 몇 개나 되는 벽 너머에 있는 상대에게 맞출 수 있는 탄환이 있을 리 없다고."

"……."

쿠루미는 잠시 침묵에 잠긴 후, 하아 하고 한숨을 토했다.

"뭐, 그것도 그렇군요."

쿠루미가 그렇게 말하자, 사다는 「쳇……」 하며 어깨를 으쓱했다.

거기에 맞춘 것처럼, 마츠리카는 쿠루미의 어깨에 상냥히 손을 얹었다.

"괜찮답니다. 소녀라면 누구나, 공상에 빠지는 시기가 있는 법이니까요!"

"……배려해줘서 감사해요."

쿠루미의 반응을 어떻게 받아들인 건지, 마츠리카는 빙긋 웃으며 그렇게 말했다. 쿠루미는 그런 그녀를 향해 쓴웃음을 지었다.

"아무튼 이 총이 범행에 쓰인 거라면, 범인은 사건이 벌어진 후에 이곳에 들어온 게 틀림없겠지. 아가씨, 이 저택에는 방범 카메라가 설치되어 있죠?"

"어? 아, 네. 방 안은 사생활 보호를 위해 설치하지 않아서, 복도만 찍고 있지만 말이죠……."

"충분합니다. 이봐, 사건 발생 후로 지금까지의 기록을 확인시켜달라고 해!"

"네!"

사다가 지시를 내리자, 경찰관은 호들갑스럽게 경례를 한 후에 방을 나섰다.

"결국, 사건 발생 당시의 영상에는 아무것도 찍혀 있지 않았네요……."

"그렇군요."

쿠루미는 아쉬워하는 마츠리카의 말에 짤막하게 답한 후, 한숨을 토했다.

그렇다. 그 후에 바로 방범 카메라의 영상을 확인했지만, 범인의 모습은 담겨 있지 않았다.

게다가 예의 방 앞의 복도는 물론이고, 다른 장소에서도 사건 발생 당시에 수상한 인물을 찾을 수 없었다.

결국, 수사는 원점으로 돌아갔다. 사다는 난처한 표정으로 머리를 긁적이더니, 현장 상황을 다시 확인하라고 부하에게 지시를 내렸다.

현재 쿠루미와 마츠리카가 걷는 곳은 스카라베 저택 본관 밖이었다. 예의 방을 밖에서 확인하기 위해, 이렇게 단둘이서 이곳으로 향한 것이다.

밖에서 다시 살펴보니 이 저택이 매우 거대하다는 것을 알 수 있었다. 부지 면적 자체도 광대해서 마치 자연공원이나 숲 같은 느낌이 들었다.

"하지만…… 이해가 안 되는군요. 범행에 쓰인 것으로 보이는 총이 그 방에 있었다는 건, 사다 아저씨의 말대로 사건 후에 범인이 그 방을 방문한 건 틀림없다는 의미잖아요? 하지만 영상에서는 그런 인물을 찾아볼 수 없어요……. 대체 어떻게 된 걸까요?"

마츠리카가 쿠루미의 옆에서 걸으면서 당혹스러운 어조로 그렇게 말했다. 쿠루미는 걸음을 계속 옮기면서, 마츠리카를 힐끔 쳐다봤다.

"고려해볼 가능성은 몇 가지 있군요. ―하나는 방범 카메라에 비치지 않는 루트나 비밀 통로가 있는 케이스랍니다."

"비밀 통로……라고요? 저는 이 저택에서 몇 년이나 살았지만, 그런 게 있다는 말은 들어본 적이 없어요."

"어디까지나 가능성에 지나지 않는답니다. ―다른 하나는, 그 총이 범행에 쓰이지 않았다는 케이스예요."

"……아! 그럼 범인은 경찰을 현혹하기 위해, 고의로 발포 흔적을 남겨뒀다는 건가요?"

"네. 보란 듯이 가짜 증거품을 준비해둬서, 경찰이 그것을 조사하는 사이에 진짜 흉기를 처분한다. —이게 계획적 범행이라면, 있을 수 없는 이야기는 아니죠. 그리고 마지막 하나는—."

"마, 마지막 하나는……?"

마츠리카는 마른 침을 삼키며 물었다.

쿠루미는 어깨를 으쓱하며 말했다.

"저희가 생각도 할 수 없는 방법으로 저 총을 사용한 케이스랍니다."

"그, 그렇군요!"

마츠리카는 눈을 치켜뜨며 그렇게 말했지만, 곧 그 말의 의미를 눈치챈 것 같았다. 그런 그녀의 볼을 타고 땀방울이 흘러내렸다.

"……그 말은, 아무것도 모른다는 의미 아닐까요?"

"세련된 말로 표현하면 그렇게 될지도 모르겠군요."

쿠루미는 대충 그렇게 답하더니, 그대로 걸음을 내디뎠다.

그리고 얼마나 걸어갔을까, 쿠루미 일행은 예의 방 아래편에 도착했다.

"흐음…… 위치상으로 볼 때, 예의 총이 장식되어 있던 방은 저쯤이겠군요."

"네. 하지만 딱히 이상한 구석은 없는 것처럼 보이는데 말이죠……."

마츠리카는 쿠루미를 따라 하듯 2층 창문을 올려다보며 말했다.

실제로 그녀의 말이 옳았다. 쿠루미 또한 유력한 단서를 얻을 수 있을 거란 확신이 있는 건 아니었고, 여기 말고는 조사할 곳이 없어서 와봤을 뿐이었지만—.

"어머……?"

하지만 바로 그때, 뭔가를 발견한 쿠루미는 눈을 가늘게 떴다.

"쿠루미 양, 왜 그러세요?"

"저기를 보세요. 창문 아래편에, 뭔가가 끼워져 있지 않나요?"

그렇게 말하며 창문을 가리켰다. 마츠리카는 눈을 가늘게 뜨며 그곳을 주시했다.

"저건…… 나뭇잎, 이군요."

그렇다. 창문 아래편에 나뭇잎 한 장이 끼워져 있었다.

"……."

그것을 본 쿠루미는 미간을 살짝 찌푸렸다.

나뭇잎 자체는 평범했다. 주위에 나무들이 무성하게 자라고 있다는 점을 생각해보면, 딱히 불가사의한 일은 아니다.

하지만 저 파릇파릇한 색깔을 띤 잎은, 저기에 끼워지고 몇 시간이 흐르지 않았다는 점을 알려주는 것 같았다.
"마츠리카 양. 저 방은 사람이 빈번하게 드나들거나, 환기를 위해 창문을 열어놓기도 하나요?"
"아뇨. 창고나 다름없는 방이라, 사람이 거의 드나들지 않는답니다……. 헉, 혹시 중요한 단서인가요?!"
마츠리카는 흥분한 어조로 그렇게 말했다. 그러자 쿠루미는 고개를 살며시 갸웃거리며 대답했다.
"……아직은 뭐라 말할 수 없답니다. 일단, 사진만 찍어두도록 하죠."
그렇게 말한 쿠루미는 스마트폰을 꺼내서 창가의 사진을 찍었다. 마츠리카도 그녀를 흉내 내듯 사진을 찍었다. 그리고 어찌 된 것인지 자세를 낮추더니, 프로 카메라맨 같은 포즈를 취했다.
그 후, 저택을 밖에서 한 바퀴 둘러본 두 사람은 입구에 도착했다.
그곳에서, 수사 중인 사다와 재회했다.
"음……? 아, 두 분. 어디 갔다 오시는 거죠?"
"쿠루미 양과 함께 단서를 찾으려고, 아까 전의 그 방을 밖에서 살펴보고 왔답니다!"
마츠리카는 힘찬 목소리로 그렇게 대꾸했다. 사다는 압도당한 것처럼 몸을 뒤편으로 젖히면서 「그, 그렇습니까」 하고 중얼거렸다.

"……아가씨, 열심이신 건 좋지만 아까 말씀드렸다시피 범인이 숨어 있을 가능성이 없지는 않습니다. 그러니 함부로 돌아다니지는 말아 주십시오."

"어머나, 실례했군요!"

마츠리카는 딱히 미안해하지도 않으며 사과했다. 그러자 사다는 한숨 섞인 어조로 말을 이었다.

"……그건 그렇고, 이렇게 큰 저택이니 한 바퀴 둘러보는 것도 큰일이었겠군요."

"큰……가요? 평범한 수준이라고 생각하는데 말이죠."

사다의 말을 들은 마츠리카가 어리둥절한 표정을 지으며 그렇게 말했다.

딱히 자랑하거나 도발하는 것 같지는 않았다. 진심으로 그렇게 생각하는 눈치였다.

사다도 그 점을 눈치챈 건지 헛웃음을 흘렸다. ……확실히 어릴 적부터 여기서 살았다면 그렇게 느끼는 게 당연할지도 모른다.

"꽤 멋진 저택이군요. 시계를 보세요. 도중에 잠시 멈춰 섰다고는 하지만, 한 바퀴 도는 데 5분이나—."

—바로 그때였다.

말을 이으려던 쿠루미가 갑자기 입을 다물었다.

어떤 가능성이, 그녀의 머릿속을 스치고 지나간 것이다.

"한 바퀴……?"

그리고 혼잣말을 하듯 그렇게 중얼거리면서 고개를 들었다.

그것은 황당무계한 생각이었다. 쿠루미 또한 남이 이런 추리를 내놓는다면, 말도 안 된다고 말했을지도 모른다.

하지만 그것을 인식한 순간, 쿠루미는 무의식적으로 여러 숫자를 머릿속에 떠올렸다.

그리고—.

"설마, 그런 일이……."

답이 나온 순간, 쿠루미는 내달렸다. 마츠리카와 사다 사이를 가르듯이 지나친 후, 본관 안으로 들어갔다.

"어—?! 쿠루미 양, 왜 그러시죠?! 쿠루미 양~?!"

등 뒤에서 마츠리카가 하는 말을 들으며, 쿠루미는 곧장 목적지로 향했다.

스카라베 저택 1층, 경비실.

한쪽 벽 전체가 모니터가 달려 있으며, 저택 안의 광경이 표시되고 있다.

"……."

조금 전에 이 방에 뛰어들어온 쿠루미는 모니터에 비친 영상을 지그시 쳐다보더니, 이윽고 가느다란 한숨을 내쉬었다.

"어머, 어머. 이런, 이런—."

그리고, 작은 목소리로 중얼거렸다.

그러자 모니터 앞에 앉아 있던 경비원이 의아하다는 표정을 지었다. —그는 방금 쿠루미의 요청에 따라, 어떤 영상을 재생시켰다.

"으음…… 뭔가 알아낸 거라도 있습니까?"

"네. 협력해주셔서 감사해요."

"그거 다행이군요. —그런데, 왜 이런 영상을 보고 싶어 한 겁니까? 이번 사건과는 연관이 없지 않나요……?"

"그래요—. 평범하게 생각하면, 그렇겠죠."

"네……?"

쿠루미가 그렇게 말하자, 경비원은 고개를 갸웃거렸다.

쿠루미는 다시 한번 감사 인사를 짤막하게 한 후, 경비실을 나섰다.

"아아, 아아— 만약 탐정이라면, 이런 순간에 이런 말을 할지도 모르겠군요."

그리고 홀로 복도를 걸으면서, 입 밖으로 흘리듯 중얼거렸다.

"수수께끼는, 전부 풀렸답니다—."

◇

"하아……, 하아……. 여기 있었군요, 쿠루미 양. 갑자기 어딜 그렇게 뛰어간 거죠? 깜짝 놀랐잖아요."

―그로부터 몇 분 후.

마츠리카가 숨을 헐떡이면서 쿠루미가 있는 방으로 찾아왔다. 아무래도 쿠루미를 찾느라 저택 안을 뛰어다닌 것 같았다. 그녀의 이마에는 구슬 같은 땀방울이 맺혀 있었다.

쿠루미가 기다리고 있었던 곳은, 본관 2층 안쪽에 있는 방이었다.

그렇다. 예의 총이 장식된 장소다. 경비실에서 볼일을 마친 쿠루미는 2층에 있는 이 방을 다시 찾았다.

"그런데…… 무슨 일인가요, 쿠루미 양. 아까 참 다급해 보이시던데……."

마츠리카는 호흡을 가다듬으면서 물었다.

쿠루미는 창가를 향하고 있던 몸을 그녀 쪽으로 천천히 돌리더니, 조용히 입을 열었다.

"―범인을, 알아냈답니다."

"아……! 저, 정말인가요?!"

마츠리카의 얼굴이 경악으로 물들었다.

"대체 누구죠?! 누가 탐정님을―."

그리고 그대로 따지듯 말을 이었다. 하지만 쿠루미는 그 말을 막듯 손바닥을 펼쳐 보였다.

"소녀라면 누구나, 공상에 빠지는 시기가 있다. ―아까 그렇게 말씀하셨죠? 마츠리카 양."

"네? 아…… 네. 그게 어쨌다는 건가요?"

마츠리카는 의아하다는 투로 대답했다. 쿠루미는 연극배우처럼 약간 과장되게 두 손을 펼쳐 보이며 말을 이었다.

"잠시 어울려주시지 않겠어요? 저의, 황당무계한 공상 이야기에 말이죠."

"공상 이야기……인가요?"

"네, 네. 도저히 들어줄 수 없는 망상이랍니다. ―만약 진짜로, 『마탄』이 존재한다면, 이란 망상이죠."

"아……! 『마탄』―."

쿠루미가 그렇게 말하자, 마츠리카의 표정이 변했다.

"그건, 예의 협박장에 적혀 있던……?"

"그렇답니다. 한번 발사되면, 반드시 목표에 명중하는 마성의 탄환. 온갖 장애물을 피하고, 사냥감이 제아무리 도망칠지라도, 절대 빗나가지 않는 탄환―."

물론 평범하게 생각하면, 그런 게 존재할 리가 없다.

그렇다―. 평범하게 생각하면 말이다.

하지만 쿠루미는 알고 있다. 이 세상에는, 인지를 초월한 신비가 존재한다는 사실을…….

게다가 쿠루미는 지금으로부터 약 1년 전까지― 인간이

아니었다.

정령. 세계를 죽이는 재앙이라고까지 불렸던 초현실적인 존재. 과거의 쿠루미는 그런 존재였다.

불가역적인 개념에 간섭하는 시간의 천사 〈각각제(刻刻帝)[자프키엘]〉와, 이 세상의 온갖 사상을 알 수 있는 책의 천사 〈섭고편질(囁告篇帙)[라지엘]〉.

세계를 멸망시킬 수 있는 두 개의 천사를, 쿠루미는 가지고 있었다.

그리고 〈라지엘〉을 잃기 전, 쿠루미는 시간이 허락하는 동안 이 세상에 존재하는 무언가를 조사했다.

정령의 창조라는 경지에 이른, 『마술』이란 존재를—.

현현장치(顯現裝置)[리얼라이저]가 개발되기 전부터, 세계의 이면에서 숨 쉬어온 비술을.

그리고 그 과정에서 쿠루미는, 부차적이지만 다양한 신비에 관한 지식을 얻었다.

과거에 마술사들이 만들어냈다고 하는, 수많은 마술공예품[아티팩트].

쿠루미의 기억이 정확하다면— 그 안에는 『마탄』이라는 이름으로 불리는 것 또한 존재했다.

"저기, 마츠리카 양—. 만약의 이야기예요. 만약 그런 게 진짜로 존재한다면— 당신은, 어떤 식으로 사용할 거죠?"

"느, 느닷없이 그게 무슨……."

마츠리카는 당혹스럽다는 듯이 눈썹을 일그러뜨렸다.

쿠루미는 이해한다는 듯이 고개를 끄덕인 후, 말을 이었다.

"실례했군요. 하긴, 너무 뜬금없는 질문이었어요. 그럼 질문을 바꾸도록 하죠. 사다 경감님이 이 사건에서 중요시 하셨던 점은, 크게 나눠 세 가지랍니다. 『누가』, 『어디서』, 『어떻게』 총을 쐈느냐, 예요."

"아, 네…… 맞아요."

"하지만 만약 『마탄』이 실존한다면, 신경 써야 할 점이 한 가지 더 생겨난답니다. 그게 뭔지 아시겠나요?"

쿠루미가 그렇게 묻자, 팔짱을 끼며 한동안 끙끙거리던 마츠리카는 이윽고 체념한 듯이 한숨을 내쉬었다.

"……항복이에요. 대체 뭔가요?"

"『시간』—. 즉, 『언제』 총을 쐈는가, 랍니다."

쿠루미가 그렇게 말하자, 마츠리카는 영문을 모르겠다는 표정을 지었다.

"『언제』……? 그건 탐정님이 총에 맞은 순간 아닌가요……?"

"네. 보통은 그렇겠죠. 총이란 방아쇠를 당기면 총탄이 발사되는 것이니까요. 그리고 총탄이란 순식간에 목표에 도달하는 것이랍니다. 당연한 도리예요. 그렇기에 사다 경감님도, 저희도, 범인이 『언제』 총을 쐈는지는 개의치 않았어요."

"무슨 이야기가 하고 싶은 건지 모르겠군요. 대체 무슨 말이죠?"

마츠리카는 초조한 투로 말했다.

쿠루미는 총 대신 삼듯 오른손의 검지와 엄지를 들더니, 그 끝으로 마츠리카를 겨눴다.

"제가 지금 『마탄』이 장전된 총을 가지고 있다고 치죠. 이렇게 마츠리카 양을 조준하고 방아쇠를 당긴다면, 마츠리카 양이 어디로 도망치든 『마탄』은 계속 쫓아갈 거랍니다."

"그, 그렇겠……죠."

마츠리카는 약간 거북한 듯이 몸을 살짝 비틀었다. 뭐, 무리도 아니다. 진짜 총을 겨눈 게 아니라고는 해도, 기분이 좋을 일은 아니다.

"그렇다면……."

그렇게 말한 쿠루미는 마츠리카를 쳐다보며 몸의 방향을 바꾸더니, 총 모양을 한 오른손을 반대편— 창문 쪽을 향해 들었다.

"이 상태에서 방아쇠를 당긴다면, 대체 어떻게 될까요?"

"네—?!"

쿠루미의 말을 들은 마츠리카가 눈을 치켜떴다.

"총구가 정반대 방향을 향하고 있잖아요……! 그러면—."

"네. 평범한 총이라면 명중할 리가 없죠. —하지만 생각해보세요. 지금 제가 쏜 것은 백발백중의 『마탄』이랍니다. 아무리 거리가 떨어져 있더라도, 목표에 명중할 때까지 나아가기로 운명지어진 지고의 공예품이죠."

"즉…… 무슨 말이죠?"

마츠리카는 당혹스럽다는 듯이 물었다.

쿠루미는 입술에 미소를 머금으며 말했다.

그, 황당무계한 결론을 말이다.

"즉, 『마탄』은—. **지구를 한 바퀴 돌아서 탐정님에게 명중했다**, 는 말이랍니다."

"네……?!"

마츠리카의 표정이 경악으로 물들었다.

"『마탄』을 쏜 총은, 보아하니 평범한 머스킷 총이에요. 발사된 총탄의 초기 속도는 약 초속 330미터일 거랍니다. 그 속도를 유지하며 지구를 한 바퀴— 약 4만 킬로미터를 여행한 후, 목적지에 도달하는데 걸리는 시간은 약 33시간 40분. 온갖 장애물을 피하며 표적을 향한 탄환은, 통풍구를 통해 홀에 도달했어요—. 아아…… 그러고 보니 마지막에 이야기를 들었던 하인 분이 이런 증언을 했었죠. 이틀 전, 딱총 소리 같은 것을 들었다라고 말이죠—. 시간상으로 생각해볼 때, 아마 그때가 진짜 범행 시각이 아닐까 싶군요."

"——."

마츠리카는 얼이 나간 듯이 입을 동그랗게 벌렸다.

그 표정이 너무나도 우스웠기에, 쿠루미는 작게 웃음을 흘렸다.

"왜 그런 표정을 짓는 거죠? 처음에 말씀드렸잖아요. 공상 이야기라고 말이에요—."

그렇게 말하며 손을 내린 쿠루미는 천천히 마츠리카를 향해 돌아섰다.

"자— 그럼 이제부터 본론에 들어가 볼까요."

그리고, 쿠루미는 한 손으로 스마트폰을 조작하면서 말했다.

"저기, 마츠리카 양. 마츠리카 양. 이 스카라베 저택의 아가씨. 이틀 전— 당신은 대체 무엇을 하러 이 방을 찾았죠?"

쿠루미가 그렇게 말한 순간, 그녀의 스마트폰 화면에 어떤 영상이 표시됐다.

—마츠리카가 이 방에 들어가는 모습이 찍힌, 방범 카메라 영상이다.

날짜는 이틀 전. 하인이 정체불명의 발포음을 듣기 조금 전의 일이다.

그렇다. 빨리 감기로 방범 카메라의 영상을 확인해보니, 이 이틀 동안에 예의 방에 들어간 이는 아까 전의 쿠루미 일행을 제외하면 마츠리카뿐이었다.

"어……, 저기, 저, 저는—."

쿠루미의 말을 듣고…….

이어서 화면에 나온 영상을 본 마츠리카는 땀을 삐질삐질 흘렸다.

쿠루미는, 조용히 말했다.

"너무 허둥대지 마세요. —아까 말씀드린 것처럼, 이것은 공상이자 환상에 근거한 이야기랍니다. 현대 과학으로는 입증할 수 없는 불가능 범죄. 설령 당신이 총을 쐈다는 게 명백해질지라도, 그 탄환이 33시간 이상의 시간이 지나서 피해자에게 명중했다는 건 아무도 믿지 않을 테죠. 당신에게 물을 수 있는 죄라고는, 무기소지법 위반 정도가 아닐까요. 하~, 지~, 만~."

입술을 일그러뜨린 쿠루미는 한 걸음 내딛더니, 마츠리카와 이마가 맞닿을 정도로 얼굴을 내밀며 그녀의 표정을 들여다봤다.

"저는 이렇게, 자기가 안전지대에 있다고 착각하는 분의 콧대를 눌러주는 걸, 싫어하지 않는답니다."

"……."

"생각은 안 해보셨나요? 인지를 초월한 아티팩트가 존재한다면, 그것을『아는』사람이 있을 거라고 말이죠. 제 지인에게 요청해서, 당신에게 남아 있는 마력 반응을 조사하겠어요. 그 결과, 만약 범행에 쓰인 탄환과 당신에게 남아 있는 마력 반응이 일치한다면— 그에 걸맞은 대가를 각오하셔야 할 거랍니다. 아— 물론 제가 지금까지 한 말은 전부, 제 공상에 지나지 않지만 말이에요."

숨결조차 맞닿을 듯한 거리에서, 쿠루미는 속삭이듯 말했다.

"……."

못 박힌 듯이 그 자리에 서 있던 마츠리카는 곧 몸을 덜덜 떨기 시작하더니, 이윽고 입술을 희미하게 움직였다.

"대—."

"대?"

"대단하군요오오오오오오오오—!!"

그리고, 눈을 반짝이면서 큰 목소리로 그렇게 외쳤다.

"네……?"

쿠루미도 이 반응은 예상하지 못했던 건지, 눈을 동그랗게 뜨며 입을 벌렸다.

하지만 마츠리카는 그런 쿠루미의 반응은 개의치 않고, 흥분한 어조로 말을 이었다.

"아티팩트에 관한 지식! 『그것』이 존재한다는 것을 전제로 한 논리의 비약! 발상의 스케일! 그리고 무엇보다, 용의자를 몰아붙일 때의 그 음흉함! 전부 퍼어어어어어어펙트! 그 자체예요! —역시 메이저스 여사께서 소개해주신 분답군요!!"

"방금, 뭐라고 했죠……?"

마츠리카가 입에 담은 이름을 들은 순간, 쿠루미는 미간을 찌푸렸다.

이유는 단순했다. 그 이름이 귀에 익어서다.

"어떻게 된 거죠. 설명해주시겠어요?"

"네, 물론이죠!"

마츠리카는 힘차게 고개를 끄덕이더니, 치맛자락을 살짝 들어 올리며 예를 표했다.

"우선 사죄부터 드리겠어요—. 피치 못할 이유가 있었다고는 해도, 당신을 시험하는 짓을 하고 말았어요. 쿠루미 양이 말한 것처럼, 그 탄환을 쏜 사람은 바로 저랍니다."

하지만 마츠리카는 그렇게 말한 후, 뭔가를 떠올린 것처럼 어깨를 부르르 떨었다.

"앗, 방금 발언은 좀 그렇군요. 괜찮다면 다시 해도 괜찮을까요?"

"네……? 그러세요."

쿠루미가 그렇게 말하자, 마츠리카는 어험 하고 헛기침을 한 후에 멋진 포즈를 취했다.

"훗—. 용케 간파했군요. 그래요. 제가 바로— 『마탄의 사수』랍니다!!"

"다시 말할 필요가 있나요?"

"이런 건 분위기가 중요하니까요!"

마츠리카는 만족한 투로 말했다.

……뭐, 심정은 이해가 됐기에 쿠루미도 더는 추궁하지 않으며 이야기를 이어갔다.

“그건 그렇고, 꽤 순순히 인정하는군요. ―그리고 시험하는 짓, 이라는 게 무슨 소리죠?”

쿠루미가 그렇게 말하자, 마츠리카는 스마트폰을 꺼내서 조작한 후에 그 화면을 쿠루미에게 보여줬다.

아무래도 영상 통화 화면 같았다. 문제는, 그 화면에 나온 인물이었다.

『어, 안녕하세요―! 토키사키 쿠루미 양. 소란을 피워서 죄송합니다! 저는 보다시피 멀쩡하니 걱정하지 마세요! 방탄 조끼를 입었고, 피는 수혈용 팩이었어요! 그럼 아가씨를 잘 부탁드립니다!』

병원 침대에 앉은 인물이 그렇게 말하더니, 힘차게 엄지를 들어 보였다.

그는 바로 홀 중앙에서 저격을 당한 탐정, 이타미 사다요시 본인이었다.

“처음부터 한 패거리였다, 는 건가요……?”

“그렇답니다!”

마츠리카는 의기양양한 목소리로 그렇게 말했다.

“…….”

왠지 짜증이 치솟은 쿠루미는 마츠리카의 머리에 두 주먹을 대고 비비듯 눌러댔다.

“아프답니다! 아프답니다!”

“설명이나 계속해보세요…….”

쿠루미가 손을 떼며 내뱉듯이 그렇게 말하자, 마츠리카는 인상을 쓰면서 두 관자놀이를 손으로 문지른 후에 이야기를 이어갔다.

"으음— 우선 말씀드릴 건, 제가 속한 스카라베 가문은 마술사의 가계라는 점이에요."

"마술사의— 가계?"

쿠루미는 그 말을 듣고 무심코 시선을 날카롭게 만들었다.

그녀가 말한 마술사란, 뇌에 기계를 박아넣고 리얼라이저를 사용하는 인조 마술사(위저드)가 아니라, 순정 마술사(메이거스)일 것이다. 설마 이렇게 가까운 곳에 그들의 후예가 있을 줄이야.

그런 쿠루미의 반응을 본 건지, 마츠리카는 허둥지둥 손을 내저었다.

"아, 오해하지 말아주세요. 어디까지나 선조님께서 마술사였을 뿐, 오랜 세월 속에서 그 힘을 잃고 말았답니다. 저희에게 남겨진 것이라고는 망상인지 공상인지 분간이 안 되는 기록과— 선조님이 수집한 아티팩트뿐이에요."

"아—! 설마 『마탄』 말고도 아티팩트가 존재한다는 말인가요?"

쿠루미의 표정이 변하자, 마츠리카는 조용히 눈을 내리깔았다.

"네, 라고 말하고 싶지만 유감스럽게도 그렇지 않답니다. 실은 얼마 전, 아티팩트의 보관 및 봉인을 해뒀던 저희 저택의 창고가 화재로 전소된 지라……."

"불타버리고 말았다는 건가요?"

쿠루미가 그렇게 말하자, 마츠리카는 천천히 고개를 저었다.

"화재 현장에서는 아티팩트의 잔해도, 그리고 타고 남은 재도 발견되지 않았답니다."

"즉, 누군가가 아티팩트를 가져갔을 가능성이 있다……. 그 말씀이신가요?"

쿠루미가 그렇게 말하자, 마츠리카는 「네」 하며 고개를 끄덕였다.

"만약 악의를 가진 자가 그 공예품을 쓴다면, 손쉽게 완전범죄를 이루고 말겠죠. 그래요. ―제가 『마탄』으로 탐정님을 쏜 것처럼 말이죠."

"……."

확실히 그 말이 옳다. 쿠루미는 『마탄』이 존재한다는 것을 알기에 그 가능성에 도달했지만, 원래라면 미제 사건으로 남았을 것이다.

그렇기에, 하고 마츠리카는 이어서 말했다.

"전부터 친분이 있었던 아스가르드 일렉트로닉스의 카렌 메이저스 여사와 상의를 했답니다. 그녀 또한 마술사의 후예이시니까요."

"그리고, 저를 소개받은 건가요……."

쿠루미는 인상을 찡그리며 말했다.

카렌 메이저스. 〈라타토스크〉 의장 엘리엇 우드먼의 비서관이자 세계 최강의 위저드 엘렌 메이저스의 친동생. 그리고, 세계 제일의 리얼라이저 엔지니어일 것이다.

〈라타토스크〉의 정보망은 무시할 수 없다.

정령의 힘을 잃기 전, 쿠루미가 〈라지엘〉로 『부업』에 힘썼다는 사실을 알고 있더라도 이상할 게 없다.

"그렇게 된 거랍니다. —하지만 저희는 당신을 모르죠. 그래서 실례라는 것을 알면서도, 유일하게 남아 있던 『마탄』을 써서 당신을 시험해보기로 한 것이에요. —당신이, 마술공예품 범죄(아티팩트 크라임)를 해결할 수 있는지를 말이죠."

그렇게 말한 마츠리카는 쿠루미를 손가락으로 가리켰다.

"쿠루미 양. 다시 부탁드리겠어요. —아마 머지않은 미래에, 아티팩트를 이용한 불가능 범죄가 발생할 거랍니다. 마술의 힘을 모르는 경찰은 그 수수께끼를 풀 수 없겠죠. 부디, 부디, 당신의 힘으로, 그 사건을 해결해주셨으면 해요!"

그리고, 애원하듯 그렇게 말했다.

"……어머나, 어머나."

쿠루미는 팔짱을 끼더니, 불만을 드러내듯 한숨을 내쉬었다.

"멋대로 사람을 시험해놓고, 참 뻔뻔한 소리를 늘어놓는군요. 솔직히 말해 거절하고 싶습니다만—."

"하지만, 아티팩트라는 게 존재한다면 무시할 수는 없다는 거죠—?"

마츠리카는 쿠루미의 의도를 눈치챈 것처럼, 빙긋 웃으며 그렇게 말했다.

확실히 마츠리카의 말이 맞지만, 그녀의 표정을 보니 짜증이 치솟았다. 쿠루미는 짜증이 난 것처럼 눈썹이 희미하게 떨렸다.

"짜증이 치솟아서 승낙하기 싫어졌어요."

그렇게 말한 쿠루미는 마츠리카의 옆을 지나치며 걸음을 옮겼다.

"어, 잠깐만요. 방금은 승낙해야 하는 분위기 아니었나요?! 쿠루미 양! 쿠루미 야아아아아앙!"

마츠리카는 매달리듯 그렇게 외쳤다.

쿠루미는 땅이 꺼지게 한숨을 내쉬더니, 중얼거리듯 말했다.

"—조건과 상황에 달렸답니다. 만약 진짜로 다음 사건이 발생한다면, 연락을 주세요."

◇

"……그런데, 이게 다 뭐죠?"

스카라베 저택 탐정 총격 사건으로부터 며칠 후.

텐구 대로변에 위치한 상가 빌딩의 2층에서, 쿠루미는 미심쩍은 표정을 지었다.

그럴 만도 했다. 현재 쿠루미의 눈앞에는 『토키사키 탐정사』라는 이름이 적힌 문이 있었던 것이다.

"보다시피, 탐정사무소랍니다~!"

과장된 포즈를 취하며 힘찬 어조로 그렇게 말한 이는 역시 마츠리카였다. 헤어스타일과 의복은 오늘도 신경을 엄청 쓴 것 같았다.

"어째서 이런 게 있는 건지를 물은 겁니다만?"

"무슨 소리를 하시는 거예요, 쿠루미 양! 그날, 저와 함께 맹세하셨잖아요! 법으로 심판할 수 없는 아티팩트 크라임을, 목숨을 걸고 해결하기로 말이죠!"

"그런 뜨거운 맹세를 한 기억은 없답니다."

"그러려면 가장 먼저 필요한 게 뭘까요?! 그래요! 탐정사무소예요! 딩동댕~! 정답!"

"아직 아직 아무 말도 안 했는데 말이죠."

"여기를 거점으로 삼아서, 아티팩트 크라임을 조사하죠! 참고로 빌딩 2층인 것도 신경 쓴 포인트랍니다!"

"……."

더는 무슨 말을 해봤자 소용없다는 것을 깨닫고만 쿠루미는 한숨을 내쉬었다.

바로 그때, 어떤 점을 떠올렸다.

"참, 마츠리카 양. 탐정님이 한패였다는 건, 아버님과 어머님과 저택 분도 알고 계신 건가요?"

"네, 물론이랍니다. 스카라베 가문이 총출동한 일대 이벤트였죠!"

"사다 경감님과 경찰분들도 알고 계셨나요……?"

"아저씨들은 아무것도 모른답니다! 리얼리티가 중요하니까요! 아—! 사건은 탐정님이 다른 분들을 놀라게 해주려고 꾸민 자작극인 걸로 정리했으니, 안심하세요!"

"……."

왠지 협력하는 것 자체가 불안해졌다. 쿠루미는 가슴속에 감도는 불길한 느낌을, 한숨과 함께 토해냈다.

하지만 마츠리카는 전혀 개의치 않고 힘찬 목소리로 말했다.

"그럼 토키사키 탐정사를 오픈하도록 할까요! 자, 함께 외치죠! —어둠을 걷어내는 건 지성과 자애, 그리고 약간의 폭력이랍니다~!"

당연히 쿠루미는 같이 외치지 않았다.

The artifact crime files
kurumi tokisaki

Case File
II

인형이란, 뭘까요?

쿠루미 돌

“여러분, 잘 오셨습니다.”

어둑어둑한 휴게실 안에서, 키가 큰 여성이 공손히 예를 표했다.

칠흑색 정장을 입었고, 손에는 손잡이가 달린 촛대를 쥐고 있었다. 주위를 비추기 위해서라기보다, 연출과 분위기를 위해 들고 있는 것 같았다.

“저는 주인님으로부터 여러분을 모시라는 명을 받은 집사, 이시가키 요리코라고 합니다. 저희 저택에 머무시는 동안, 신경 쓰이는 점이 있으시다면 뭐든 말씀해주십시오.”

요리코는 그렇게 말하더니, 넓은 휴게실을 둘러보듯 시선을 돌렸다.

“그럼 바로 자기소개로 넘어가겠습니다. 여러분은 이미 서로를 알고 계시겠지만, 직접 얼굴을 마주하는 건 처음일 테니까요.”

요리코는 그렇게 말하더니, 가장 앞에 앉은 인물에게 시선을 보냈다.

그러자 롤리타 패션을 한 묘령의 여성이 어험 하고 헛기침을 한 후, 맑은 목소리로 말했다.

“처음 뵙겠어요. 저는 그림. 이쪽은 딸인『백설』이랍니다.”

그리고 그렇게 말한 후, 무릎 위에 놓여 있던 귀여운 인형의 머리를 상냥히 쓰다듬었다.

본인의 옷은 검은색으로 통일했지만, 인형은 흰색으로

통일한 점이 꽤 눈길을 끌었다. 마치 인형이 주역이고 자신은 배경에 지나지 않는 듯한 모습이었다.

하지만 그것도 지나친 생각은 아닐지도 모른다.

왜냐하면, 지금 이 자리에는 인형 애호가 모임인 『돌 하우스』의 회원이 모여 있으니 말이다.

당연히 그림이라는 이름도 본명은 아닐 것이다. 인터넷상의 이름— 핸들 네임이다.

이름도 꽤나 특이한 그림은 교류 게시판에서도 과격한 발언이 많은 편이지만, 본인은 뜻밖에도 차분한 분위기의 여성이었다. 언뜻 봐서는, 그녀가 『안구에 둘러싸이는 행복』, 『속바지, 너무 에로하지 않아?』, 『구체 관절 날름날름하고 싶어……』 같은 소리를 할 거라고는 생각도 못할 것이다.

박수 소리가 잠시 들려온 후, 옆에 앉아 있던 이가 입을 열었다.

"사사키……. 그리고 내 곁으로 강림한 타천사 『†시역(弑逆)의 아니마†』……."

고딕 펑크룩을 한, 등이 살짝 굽은 느낌의 여성이었다. 화장한 건지 원래 그런 건지는 모르겠지만 눈가에 두꺼운 다크 서클이 있으며, 두 손목에는 붕대가 감겨 있다. 옆에 앉혀둔 인형의 등에는 직접 만든 듯한 검은 날개가 달려 있었다.

참고로 사사키는 교류 게시판에서 가장 수다스러운 무드

메이커의 이름이었다. 항상 쾌활하고 기운이 넘친다. 새로 들어온 이들에게도 정중하고 상냥하고, 남의 인형을 일단 칭찬하고 보며, 그녀에게 칭찬을 받기 위해 자기 인형 사진을 올리는 회원도 많은데…… 본인은 의외로 과묵한 것 같았다.

이어서 입을 연 이는 안쪽의 의자에 앉아 있던 메이드복 차림의 여성이었다.

"처음 뵙겠습니다. 메이메이라고 해요. 암퇘지입니다. 그리고 이쪽이 제가 모시는『안젤리카』아가씨세요. 잘 부탁드립니다."

그리고 화려한 인형을 소개하듯 예를 표했다.

……발언에 이상한 단어가 섞여 있었던 것 같은 그녀를 유심히 보니 목줄을 하고 있었으며, 그 목줄에 달린 사슬은『안젤리카』에게 쥐어져 있었다. 아무래도 그런 설정인 것 같았다.

교류 게시판의 조언 담당 겸 지혜 주머니인 메이메이가 이런 성적 취향을 지녔다는 건 꿰뚫어 보지 못했지만…… 그러고 보니 회원이 인형 사진을 올리면 아래쪽 앵글에서의 사진을 툭하면 요청하고는 했었다. 수수께끼는 풀리고 말았다.

"자……."

"그럼 마지막은……."

모두의 시선이 자신을 향하자, 쿠루미는 거북한 듯이 몸을 살짝 비틀었다.

하지만 그것도 당연했다. 현재 쿠루미는 인형 의상 빰칠 수준의 철저한 고딕 롤리타 스타일을 하고 있으니 말이다.

과도하게 달린 프릴, 허리를 꽉 조르는 코르셋, 부츠 굽 또한 이래도 되나 싶을 만큼 두껍다. 둘로 나눠 묶은 머리카락에는 붙임머리를 한 후, 드릴처럼 말았다. 게다가 몸 곳곳에는 은제 액세서리를 달았으며, 왼쪽 눈에는 반짝이 스팽글로 장식된 안대를 차고 있었다.

……물론, 좋아서 이런 옷차림을 한 게 아니다. 마음 같아서는 지금 바로 이 자리에서 도망치고 싶을 지경이다.

하지만, 그럴 수도 없다. 쿠루미는 어색한 미소를 지어 보이며, 슬며시 예를 표했다.

"……저는 쿠루루얼. 이쪽은 친구인 『재스민』이랍니다."

그렇게 말하면서 머리카락을 화려한 세로 롤 모양으로 만 인형을 가리켰다.

그러자 휴게실에 있던 이들의 표정이 환해졌다.

"어머나! 혹시 해외에서 인형 작가로 활약하고 있다는, 바로 그 쿠루루얼 씨?!"

"어, 집에 인형이 10만 3,000개나 있다는, 바로 그……?!"

"……인형에게 주민등록증을 발행해달라고 관공서에 하도 찾아간 결과, 경찰에 신고당했다는 바로 그……?"

다들 흥분을 감추지 못하며 그렇게 말했다.

"아, 네……. 이렇게 뵙게 되어서 영광이에요……."

쿠루미는 볼에 경련이 일어난 상태에서 쓴웃음을 머금더니, 지난주에 있었던 일을 떠올렸다.

◇

"큰일 났답니다아아아아아아아아아아—!!"

어느 평범한 날의 오후, 그런 고함이 들려오면서 사무소의 문이 열려 젖혀졌다.

힘차게 사무소로 돌격한 이는 한 소녀였다. 멋들어진 세로 롤 머리카락과, 눈부신 드레스. 마치 온몸으로 『상류층 아가씨』라는 점을 어필하고 있는 듯한 복장이었다.

그녀의 이름은 스카라베 마츠리카. 쿠루미의 대학 동급생이자, 명가의 영애, 그리고 이 토키사키 탐정사를 (멋대로) 개업한, 스폰서다.

"너무 큰 소리를 내지 말아주시겠어요? 이웃들에게 폐가 될 거랍니다."

쿠루미는 읽고 있던 책에 책갈피를 끼운 후, 마츠리카를 흘겨보며 그렇게 말했다.

"어머나! 저답지 않게 무례를 범했군요!"

쿠루미가 그렇게 말하자, 마츠리카는 포즈를 취하며 그

렇게 말했다. 참고로 목소리는 여전히 컸다. 쿠루미는 질렸다는 듯이 한숨을 내쉬었다.

"그런데, 무슨 일이죠……?"

"사건이에요, 사건! 아티팩트 크라임이랍니다~!"

"……!"

그 명칭을 들은 순간, 쿠루미의 눈썹이 떨렸다.

아티팩트. 그것은 과거에 마술사가 만들었다고 하는, 불가사의한 힘을 지닌 도구를 말한다.

지금으로부터 몇 달 전, 마술사의 후예인 스카라베 저택에서 소장하고 있던 무수한 아티팩트를 누군가가 훔쳐갔다.

쿠루미는 그것들을 되찾기 위한, 그리고 그것들에 의해 발생할 비상식적인 불가능 범죄를 막기 위한 탐정으로 마츠리카에게 임명된 것이다.

"대체 어떤 사건이죠?"

"요즘 들어 원인 불명의 혼수상태 사건이 연이어 일어나고 있다는 건 알고 계시나요?"

"혼수상태 사건……?"

"네. 광범위한 지역에서 벌어지고 있는 탓에 전부 별개의 사건으로 취급되고 있지만— 저는 독자적인 루트를 통해, 피해자들의 공통점을 발견했답니다."

"대체 어떤 루트인가요?"

"그건 숙녀의 비밀이랍니다!"

마츠리카는 과장스럽게 윙크를 하며 그렇게 말했다. 그 모습을 본 쿠루미는 진땀을 흘리며 이야기를 재촉했다.

“그래서, 그 공통점은 뭔가요?”

“모든 피해자는 어느 온라인 살롱의 회원이었어요.”

“온라인 살롱?”

“네. ─인형 애호가들의 모임인, 『돌 하우스』란 곳이죠.”

“흐음…… 인형, 인가요.”

쿠루미가 그렇게 말하자, 그녀의 표정을 살피던 마츠리카가 흥미롭다는 듯이 눈을 동그랗게 떴다.

“혹시 쿠루미 양도 인형을 좋아하시나요?”

“전혀 관심없답니다…….”

쿠루미는 시선을 돌리며 그렇게 대꾸했다. 실은…… 옛날에 그런 취미에 빠졌던 시기가 있었지만, 마츠리카가 알게 되면 성가셔질 것 같으니 숨기고 싶었다.

“뭐, 좋아요. 아무튼, 그 온라인 살롱이 수상하다고 여긴 저는 바로 회원 등록을 하고 정보 수집을 시작했답니다.”

“척수 반사급 행동력이군요.”

“칭찬해봤자 아무것도 안 나온답니다!”

마츠리카는 볼을 붉히며 몸을 옆으로 돌렸다. 딱히 칭찬 삼아서 한 말은 아니지만, 본인이 기뻐하는 것 같으니 딱히 정정하지는 않았다.

“그것보다, 알아낸 게 있나요?”

"네! 그 온라인 살롱은 때때로 소규모 오프 모임을 여는데, 거기서 살롱의 주최자인 베누스 씨가 『살아 있는 인형』을 참가자에게 보여준다고 해요."

"살아 있는…… 인형?"

쿠루미가 미간을 살짝 찌푸리며 턱을 쓰다듬자, 마츠리카는 「네」 하고 말하며 고개를 끄덕였다.

"저도 직접 본 건 아니지만, 인형이 저절로 움직이나 봐요. —마치, 살아 있는 것처럼 말이죠."

"……."

쿠루미는 생각에 잠기듯 입을 다물었다.

황당무계한 이야기다. 주최자의 과도한 과장 표현, 혹은 자동인형(오토마타)이라고 생각하는 게 정상일 것이다.

하지만—.

"혹시 짚이는 구석이 있는 건가요?"

"네. 아티팩트 『갈라테아』. —인간의 혼을, 인형으로 옮기는 공예품이랍니다."

"『갈라테아』……."

쿠루미는 입안에서 굴리듯 그 이름을 중얼거렸다. 갈라테아. 그리스 신화에 등장하는 키프로스의 왕, 피그말리온의 아내 이름이다.

뛰어난 조각가이기도 한 피그말리온은 자기가 조각한 여자 조각상을 사랑하게 됐다. 그것을 안 여신이 그 조각상에 생명을 불어 넣었다, 라는 줄거리다—. 확실히 그 아티팩트에 이름을 붙인 마술사는 상당한 로맨티스트인 것 같다.

"즉, 혼수상태 사건의 피해자들은 혼이 인형으로 옮겨지고 말았다……라고 생각하는 거군요?"

"네. 그리고 그게 바로 『살아 있는 인형』의 정체가 아닐까 싶어요."

"그런가요……."

쿠루미는 잠시 생각에 잠긴 후, 살며시 고개를 끄덕였다.

"확실히, 조사해볼 가치는 있을지도 모르겠군요."

"아! 역시 그렇죠?!"

쿠루미의 말을 들은 마츠리카가 기뻐하듯 환한 표정을 지었다.

"쿠루미 양이라면 그렇게 말해주실 거라고 믿었답니다! 그럼 바로 수사에 착수하죠!"

"네. 하지만, 우선 주최자가 있는 곳부터 파악해야—."

"다음 오프모임이 다음 주에 열린다고 해요! 참가권은 획득해뒀으니, 잠입 수사를 잘 부탁드려요!"

"네……?"

마츠리카가 아무렇지 않은 투로 그렇게 말하자, 쿠루미는 눈을 동그랗게 떴다.

"잠깐만 기다려 주세요. 잠입 수사…… 제가 말인가요?"

"물론이죠! 탐정의 솜씨를 보여주세요! 아, 핸들 네임은

『쿠루루얼』이랍니다! 쿠루미 양과 천사의 뉘앙스를 절묘하게 합치면서, 『무자비(크루얼)』의 요소도 담은, 참 마음에 드는 이름이에요!"

"……."

미안한 기색도 없이— 오히려 의기양양한 투로 마츠리카가 그렇게 말하자, 쿠루미는 땅이 꺼지도록 한숨을 내쉬었다. 쿠루미의 이름을 섞은 핸들 네임을 지은 것을 보면, 처음부터 쿠루미를 잠입시킬 작정이었으리라.

하지만 마츠리카의 행동력이 남다른 건 어제오늘 일이 아니며, 잠입 수사가 유효한 것도 사실이다. 쿠루미는 체념하듯 한 번 더 한숨을 내쉬었다.

"뭐, 좋아요……. 그런데 『갈라테아』는 구체적으로 어떤 형태를 한 아티팩트인가요? 인형에 혼을 옮기는 절차와 조건은 어떻게 되죠?"

"모른답니다!"

"네……?"

마츠리카가 그렇게 답하자, 쿠루미는 눈을 동그랗게 떴다.

"저희 저택에서 소장하고 있기는 했지만, 전부 파악하고 있지는 않으니까요! 목록에는 이름과 능력만 적혀 있었답니다!"

"……그렇다면 마츠리카 양은 저에게 홀로 오프모임에 잠입해서, 주최자의 눈길을 피하며, 형태도 사용법도 모르는 아티팩트를 찾아내라, 라고 말씀하시는 거군요?"

"그렇다고도 할 수 있죠!"

마츠리카는 당당한 목소리로 그렇게 말했다.

쿠루미는 잠시 머리를 감싸 쥐는 듯한 자세를 취한 후, 마츠리카를 손짓으로 불렀다.

"마츠리카 양. 잠시 이쪽으로 와주세요."

"왜 그러시죠?"

"이 연필을 들고 계세요. 연필을 손가락 사이를 지그재그로 지나듯이 말이에요."

"이렇게 말인가요?"

"에잇."

"으갸아아아아아아아앗—?! 아파요! 아프다고요오오오?!"

쿠루미가 손바닥으로 마츠리카의 손을 누르자, 그녀는 새된 비명을 질렀다.

◇

"……영 불편하군요."

오프모임 장소인 서양식 저택의 개인실에서, 쿠루미는 한숨을 내쉬었다.

간단한 자기소개와 담소를 마친 후, 저녁 식사 시간까지 휴식을 취하기로 했기에 쿠루미는 자신한테 주어진 방으로 돌아왔다.

그렇다. 온라인 살롱 『돌 하우스』의 오프모임은 쿠루미가 상상했던 것보다 훨씬 거창했다. 행사장은 도시에서 한참 떨어진 숲에 있는 서양식 저택이다. 일정 또한 2박 3일이나 되기에, 여행이나 합숙이라고 보는 편이 적당하리라는 생각마저 들었다.

아티팩트에 관해 조사해야만 하는 쿠루미로서는 잘된 일이지만…… 이 저택의 불길한 분위기 탓인지, 영 기분이 좋지 않았다. 쿠루미는 고개를 들더니, 방 안을 둘러보았다.

"……."

그러자, 이 방의 벽에 설치된 전신거울이 눈에 들어왔다.

쿠루미는 아무 말 없이 그 앞에 선 후, 자신의 복장을 살폈다.

쿠루미가 지금 입고 있는 건, 마츠리카가 준비해준 화려한 옷이었다. ……오프모임 참가권을 획득하기 위해 온갖 속성과 에피소드를 늘어놨다고 듣기는 했지만, 그래도 너무 과했다는 생각이 들었다.

『참 잘 어울리세요, 쿠루미 양!』

등 뒤에서 익숙한 목소리가 들려오자, 쿠루미는 튕기듯 뒤편을 돌아봤다.

하지만 그곳에는 아무도 없었다. 있는 것이라고는 의자에 놓여 있는 귀여운 인형뿐이다.

『역시 제 눈은 틀림없군요. 다른 참가자 여러분도, 쿠루미 양이 동지일 거라고 생각하는 눈치였어요.』

인형이 이어서 말했다. 유창하게 말하는 그 모습은 마치, 소문으로 들은『살아 있는 인형』같았다.

하지만 쿠루미의 인형『재스민』은 그런 오컬트스러운 존재가 아니다. 내부에 카메라와 통신기가 들어가 있어서, 외부에 있는 마츠리카와 대화가 가능한 것이다. ……뭐,『재스민』은 옷과 머리 모양이 마츠리카와 흡사하기 때문에, 진짜 마츠리카가 인형이 된 듯한 섬뜩함이 감돌기는 하지만 말이다.

"조용히 하세요. 다른 참가자가 대화를 듣기라도 하면 귀찮아질 거랍니다."

『아, 실례했네요! 앞으로는 조심하겠어요!』

역시 목소리가 컸다. 쿠루미는 하아, 하고 한숨을 내쉬었다.

"하지만— 묘하군요."

『뭐가 말이죠?』

"자기소개를 하는 자리에, 주최자인 베누스 씨가 없었어요."

쿠루미는 아까 휴게실에서 나눴던 대화를 떠올리며, 턱에 손을 댔다.

그렇다. 아까 그 자리에는 쿠루미를 포함한 오프모임 참가자 네 명과 참가자의 시중을 명받았다는 여성 집사뿐이었으며, 이 자리를 마련한 주최자가 모습을 보이지 않았다.

『듣고 보니, 그러네요. 아직 도착하지 못한 걸까요?』

"그렇다면 다행이겠지만……."

아무튼, 하고 말한 쿠루미는『재스민』을 들어 올렸다.

"이 자유시간을 이용해, 저택 안을 둘러보도록 하죠. 어쩌면 아티팩트에 관한 단서를 손에 넣을 수 있을지도 모르니—."

다음 순간, 쿠루미는 뒤편을 다급히 돌아보았다.

『……어? 왜 그러시죠? 방 밖에서는 입 다물고 있을 테니 걱정하실 필요 없답니다.』

"아뇨, 그게 아니라……. 방금, 시선을 느낀 것 같아서요……."

쿠루미는 그렇게 말하며 고개를 갸웃거렸다. 그녀가 쳐다본 곳은 사람 그림자는 고사하고 유리창이나 문조차 없는, 평범한 벽이었다.

『아무것도 없네요. 기분 탓 아닐까요?』

"……그럴지도 모르겠군요."

신경이 조금 곤두선 것일지도 모른다. 그렇게 생각한 쿠루미는 마음을 다잡듯이 고개를 흔든 후,『재스민』과 함께 방을 나섰다.

—『돌 하우스』 오프모임 행사장인 서양식 저택은 2층 구

조다. 로비인 정면에 커다란 계단이 있으며, 그 좌우에 복도가 뻗어 있다. 입구에서 본 오른편에는 식당과 휴게실 같은 큰 방이 배치되어 있고, 왼편에는 쿠루미를 비롯한 참가자를 위한 개인실이 줄지어 있다.

"흠……."

쿠루미는 『재스민』의 얼굴을 다양한 방향으로 돌리면서 1층의 복도를 전부 돌아보았다.

『재스민』의 눈에는 초소형 카메라가 탑재되어 있다. 쿠루미가 눈치채지 못한 『무언가』를 외부에 있는 마츠리카가 눈치챌지도 모르며, 뭔가를 눈치채지 못하더라도 영상을 기록해둬서 나쁠 게 없다고 판단했다.

남들이 보기에는 극성스러운 인형 애호가가 인형에게 다양한 것을 보여주며 산책하고 있는 것처럼 보일지도 모른다. ……인형에게 카메라와 통신기가 탑재한 것은 마츠리카의 아이디어지만, 의외로 합리적인 생각일지도 모른다고 쿠루미는 여겼다.

"1층은 이 정도면 될까요. 2층은—."

쿠루미가 계단에 발을 얹으려고 한 바로 그때였다.

"쿠루루얼 님."

등 뒤에서, 그런 목소리가 들려왔다.

"……아! 으음, 저 말이군요. 무슨 일이시죠?"

다음 순간, 그것이 자신의 핸들 네임이라는 것을 떠올린 쿠루미는 목소리가 들려온 방향을 다급히 쳐다봤다.
그 자리에는 이 저택의 집사인 요리코가 있었다.
"2층은 주인님의 개인 공간입니다. 출입을 자제해주시지 않겠습니까."
"어머나. 실례했군요."
쿠루미는 빙긋 미소 지으며 그렇게 말한 후, 자연스럽게 말을 이었다.
"그건 그렇고, 참 멋진 저택이에요. 이런 곳에서 같은 취미를 가진 분들과 이야기를 나눌 수 있다니, 이 자리를 마련해주신 베누스 님께 정말 감사드리고 싶군요."
"그리 말씀해주시니 감사합니다. 주인님께서도 그 말씀을 들으면 기뻐하실 테죠."
"그런데— 베누스 씨는 언제 뵐 수 있을까요?"
쿠루미가 그렇게 묻자, 요리코는 미소를 머금은 채 대답했다.
"내일 정오 무렵에 도착하실 예정이라 들었습니다."
"어머나, 어머나…… 오늘은 오시지 않는 거군요."
"송구합니다. 도저히 미룰 수 없는 볼일이 생기신 바람에……."
"그런가요. 만날 때가 참 기다려지는군요. 대체 어떤 분이신가요?"
"그게……."

쿠루미가 그렇게 묻자, 요리코는 난처한 표정을 지었다.

"어머, 왜 그러시죠?"

"실은…… 저도 주인님을 직접 뵌 적이 없습니다. 면접 자리에 나타난 사람은 집사장이었으며, 지시 또한 전부 다른 사람으로부터 받거나 메일로만……."

"……흐음?"

요리코가 그렇게 말하자, 쿠루미는 흥미롭다는 듯이 눈을 가늘게 떴다.

"어머나…… 부끄러움이 꽤나 많은 분이신가요."

"그럴지도 모르겠군요."

요리코는 쓴웃음을 머금으며 그렇게 말하더니, 뭔가가 생각난 것처럼 말을 이었다.

"참, 저녁 식사는 오후 여섯 시 경으로 예정되어 있습니다. 준비를 마치시면, 식당으로 와주십시오. 물론, 거기 계신 조그마한 레이디도 함께 말입니다."

요리코가 『재스민』을 쳐다보며 그렇게 말하자, 쿠루미는 미소를 머금으며 예를 표했다.

"배려 감사드려요. 그럼, 나중에 뵙죠."

"네."

요리코는 그렇게 말한 후, 다른 곳으로 향했다.

그 뒷모습이 시야에서 사라질 때까지 기다린 후, 쿠루미는 한숨을 내쉬었다.

"집사조차도 얼굴을 모르는 주인, 인가요. 점점…… 수상쩍어지는군요."

『……어째서죠? 내일 점심때는 온다고 하잖아요?』

『재스민』에서, 의아한 듯한 목소리가 흘러나왔다.

쿠루미는 눈을 가늘게 뜨며 말을 이었다.

"—내일 점심 때까지, 아무 일도 일어나지 않는다면 좋겠군요."

오후 여섯 시. 쿠루미가 『재스민』을 데리고 식당에 가보니, 그 자리에는 이미 다른 세 사람이 와 있었다.

그림, 메이메이, 그리고 집사인 요리코다. 그림과 메이메이가 앉은 의자 옆에는 아동용으로 보이는 조그마한 의자가 놓여 있으며, 거기에 두 사람의 인형이 놓여 있었다.

역시 인형 애호가의 오프모임이다. 이런 부분까지 신경을 써주는 것 같았다.

쿠루미는 빈 아동용 의자에 『재스민』을 둔 후, 그 옆자리에 앉았다.

"기다리게 해서 죄송해요. 이 애가 저택을 탐험하고 싶다지 뭐예요."

쿠루미가 『재스민』을 가리키며 그렇게 말하자, 그림과 메이메이는 상냥한 미소를 머금었다.

"후후, 『재스민』 양은 호기심이 왕성한가 보군요."

"식사를 마치고 나면, 아가씨께서도 저택을 돌아보시지 않겠어요?"

두 사람은 그런 말을 하며 분위기를 띄웠다.

그녀들 또한 같은 취미를 가져서 그런지, 사람에 따라서는 꺼릴 수도 있는 쿠루미의 발언에 눈살을 찌푸리거나 질색하지 않았다. 지나치게 개성적인 이들이기는 하지만, 이들과 함께 있으니 왠지 마음이 편했다.

"남은 사람은 사사키 씨뿐인데…… 늦으시는군요. 무슨 일이 있으신 걸까요."

바로 그때, 그림이 불쑥 생각난 투로 그렇게 말했다. 그러고 보니 쿠루미의 맞은편 자리는 여전히 비어 있었다.

"그렇군요. 제가 모셔 오겠습니다."

요리코가 그렇게 말한, 바로 그때였다.

『우, 아아아아앗……!』

먼 곳에서, 억눌린 비명 같은 소리가 들려왔다.

"앗……?! 방금 목소리는—."

"설마, 사사키 씨……?"

"무슨 일 있는 걸까요……?"

서로를 쳐다본 쿠루미 일행은 의자에서 일어나서 인형과 함께 식당을 나서더니, 사사키의 방으로 향했다.

"사사키 씨, 괜찮으신가요? 사사키 씨!"

그렇게 외치며 문손잡이를 돌려봤지만, 잠겨 있는 건지 열리지 않았다. 쿠루미는 문을 두드렸다.

"쿠루루얼 님, 열쇠를 가져왔습니다!"

한발 늦게 이곳에 도착한 요리코가 열쇠를 내밀었다. 아무래도 이 방의 열쇠 같았다. 쿠루미는 그것을 받은 후, 재빨리 열쇠 구멍에 집어넣고 돌렸다.

"아니—."

그리고 문이 열리자— 눈을 치켜떴다.

하지만 그것도 무리는 아니었다. 사사키가 방 중앙에서 힘없이 쓰러져 있었던 것이다.

"사사키 씨!"

다급히 뛰어간 쿠루미는 사사키의 몸을 안아 일으켰다.

숨은 쉬고 있는 것 같지만, 의식이 없었다. 머리카락은 흐트러졌고, 눈가에 눈물이 맺혔으며, 몸 곳곳에는 강한 힘에 억눌린 듯한 흔적이 남아 있었다. 마치 방금까지 누군가와 몸싸움을 벌인 것만 같았다.

"이건……."

"대체 무슨 일이 있었던 걸까요……."

"정신을 잃은 건가요……?"

그림과 메이메이가 사사키를 쳐다보며, 불안한 투로 말했다.

쿠루미는 「실례하겠어요」 하고 말한 후, 사사키의 볼을 때렸다.

“사사키 씨, 정신 차리세요. 사사키 씨.”

하지만 사사키는 정신을 차리기는커녕, 몸도 꿈쩍하지 않았다.

마치, 몸에서 혼이 빠져나간 것처럼…….

“설마—.”

그 모습을 본 쿠루미는 무심코 숨을 삼켰다.

그녀의 뇌리를, 아티팩트 『갈라테아』의 존재가 스치고 지나갔다.

“……무슨 일이 일어난 건지는 모르겠지만, 범상치 않은 사태인 건 틀림없어 보이는군요. 요리코 씨, 서둘러 구급차와 경찰을 불러주세요.”

“아, 네!”

쿠루미가 그렇게 말하자, 요리코는 허둥지둥 방에서 뛰쳐나갔다.

그 뒷모습을 바라본 후, 사사키의 몸을 상냥히 바닥에 눕혀놓은 쿠루미는 방 안을 둘러봤다. —신경 쓰이는 점이 몇 개 있었다.

문은 잠겨 있었다. 하지만 이 방의 열쇠는 테이블 위에 놓여 있었다.

벽에 있는 창문은 위아래로 슬라이드되는 방식이며, 15센티미터 정도만 열리기에 사람이 지나다니는 건 무리 같았다.

즉, 쿠루미가 문을 열 때까지 이곳은 밀실 상태였던 것이다.

그것만이 아니다. 이 방에는 꼭 있어야만 하는 것이 보이지 않았다.

"어라……?"

그림도 눈치챈 것 같았다. 미심쩍다는 듯이 미간을 찌푸리며 이렇게 말했다.

"그러고 보니 『아니마』는 어디 간 거죠……."

그렇다. 사사키가 항상 꼭 가지고 다니던 『†시역의 아니마†』가 보이지 않았다.

"……어머?"

바로 그때, 쿠루미의 눈썹이 흔들렸다. 사사키의 얼굴 인상이, 왠지 아까와 다른 것처럼 보였다.

"사사키 씨, 이런 화장을 했던가요……."

사사키가 얼굴을 숙이고 있어서 눈치 못 챘던 걸지도 모르지만, 아까보다 립스틱의 색깔이 밝아진 듯한 느낌이 들었다.

그러는 사이, 복도에서 얼굴이 창백해진 요리코가 돌아왔다.

"요리코 씨. 당황한 것처럼 보이는데, 무슨 일이죠? 그리고 경찰과 구급차는—."

"저, 전화가…… 연결되지 않습니다……!"

"뭐라고요……?"

쿠루미가 미간을 찌푸리며 그렇게 말하자, 그림과 메이메이는 숨을 삼켰다.

"어, 어떻게 된 건가요?"

"스마트폰은 원래 터지지 않는 곳이었죠? 유선전화도 안 된다는 말인가요……?"

그렇게 말하면서, 불안한 눈길로 서로를 쳐다봤다.

좋지 않은 상태다. 쿠루미는 두 사람의 주의를 끌려는 듯이 크게 헛기침을 했다.

"그럼 직접 병원으로 옮겨야겠군요. 차가 있었죠? 운전을 부탁드리겠어요."

쿠루미가 그렇게 말하자, 요리코는 땀으로 범벅이 된 얼굴을 저었다.

"무, 무리입니다……."

"무리? 그게 무슨 소리죠?"

"저택의 문이…… 전부 열리지 않아요—."

요리코가 기어들어가는 목소리로, 절망적인 정보를 알려줬다.

◇

"……."

부자연스러운 침묵이, 휴게실을 지배했다.

쿠루미와 그림, 메이메이, 그리고 요리코. 이렇게 네 사람이나 모여 있는데도 다들 입을 열지 않았다.

하지만 그것도 무리는 아니었다. 다들 방금 일어난 사태를 아직 제대로 받아들이지 못한 것이다.

"대, 대체…… 뭐가 어떻게 된 거죠?"

그림이 머뭇거리며 입을 열었다.

"전화가 연결되지 않는다는 건 백 보 양보해서 말이 된다고 치더라도, 저택의 문이 열리지 않는다는 건 말이 안 되잖아요. 어? 혹시 몰래카메라 같은 건가요? 사사키 씨도 한통속이며, 실은 자는 척을 하고 있을 뿐이라거나……."

"안구 운동도 살펴봤는데, 그럴 가능성은 없어요. 완전히 의식을 잃은 상태였답니다."

쿠루미가 그렇게 말하자, 그림은 「큭」 하며 미간을 찌푸렸다.

"그럼, 대체 무슨 일이 일어난 건데요!"

"자세한 건 저도 모르겠지만…… 악의를 가진 누군가에 의해, 저택에 갇혔다고 보는 게 자연스럽겠죠."

"그 누군가가 대체 누구인데요?!"

"아직 단정할 수는 없지만, 아마 이 모임의 주최자인 베누스 씨 아닐까요."

"……!"

쿠루미가 그렇게 말하자, 그림은 요리코를 노려봤다.

"무슨 속셈이죠?! 장난으로 넘어가기엔 도가 지나치잖아요!"

"아, 아니, 그게…… 저는 아무것도 모릅니다!"

요리코가 난처한 표정으로 그렇게 말했다. 거짓말을 하는 것 같지는 않았다.

"진정하세요, 그림 씨. 허둥댄다고 해서 상황은 호전되지 않을 거랍니다."

쿠루미는 차분한 어조로 그렇게 말한 후, 생각에 잠기듯 눈을 가늘게 떴다.

"그것보다— 사사키 씨를 습격한 범인은, 대체 어디로 도망친 걸까요."

"네?"

메이메이는 의아하다는 듯이 눈을 동그랗게 떴다. 쿠루미는 턱에 손을 대며 말을 이었다.

"상황을 보면, 사사키 씨가 누군가에게 습격을 받은 건 거의 확실하답니다. 하지만, 사건 현장에 열쇠가 놓여 있었어요."

"……범인이 저택의 주인인 베누스 씨라면, 마스터키를 가지고 있어도 이상할 게 없어요. 그걸로 방을 나선 후에 문을 잠근 게 아닐까요?"

"하지만 저희가 식당을 나선 것은 사사키 씨의 목소리가 들린 직후였어요. 만약 범인이 문을 통해 도망쳤다면, 그 모습을 못 본 건 이상하지 않을까요?"

"으음……."

그림은 팔짱을 끼면서 인상을 찡그렸다.

바로 그때, 뭔가를 눈치챈 것처럼 메이메이의 눈썹이 흔들렸다.

"호, 혹시……."

"뭔가 눈치챈 점이 있나요?"

"아…… 아뇨. 평범하게 생각해보면 말도 안 되는 이야기지만……."

"괜찮답니다. 이야기해주세요."

쿠루미가 그렇게 말하자, 메이메이는 머뭇거리며 말했다.

"방의 창문은 15센티미터 정도 열리게 되어 있잖아요? 그 틈새면…… 인간은 무리더라도 인형은 빠져나갈 수 있지 않을까…… 하고 생각했어요."

"네……? 설마 인형이 범인이라는 말인가요? 창문을 통해 침입한 인형이 사사키 씨를 습격해서 의식을 잃게 만든 후, 창문을 통해 나갔다는 거예요?"

그림은 짜증 섞인 어조로 그렇게 말했다. 그러자 메이메이는 어깨를 움츠리며 말을 이었다.

"그야…… 애초에 저희는 이곳에 『살아 있는 인형』을 보러왔잖아요."

"……."

그 말을 끝으로, 다시 침묵이 흘렀다.

그리고 그 분위기를 견디다 못한 것처럼, 메이메이가 고개를 살며시 숙였다.

"이상한 소리를 해서 죄송해요. 그럴 리가 없는데……."

"아뇨—. 재미있는 착안점이군요. 일단 경계하도록 할까요."

쿠루미는 팔짱을 끼며 그렇게 말했다. —아티팩트『갈라테아』의 존재를 전제로 삼으면서 생각한다면, 최우선으로 도달했어야 하는 추리였다.

"……진심인가요?"

"어디까지나 일단, 말이죠. —만약 그『살아 있는 인형』이 고성능 로봇 같은 것이라면, 경계해두는 편이 좋지 않을까요?"

"그건…… 그럴지도 모르겠군요."

그림은 석연치 않은 반응을 보이며 고개를 끄덕였다.

어쩔 수 없다.『갈라테아』의 존재를 그녀들에게 밝힐 수는 없고, 설령 진실을 이야기하더라도 믿어줄지 확실치 않은 것이다. 이쯤이 적절한 합의점일 것이다.

"그런데, 이제부터 어떻게 하죠?"

요리코가 진땀을 흘리며 물었다. 그러자 그림은 표정을 굳히면서 대답했다.

"그야, 이 저택에서 탈출할 방법을 찾아야 하지 않겠어요?"

"네, 동감이랍니다."

쿠루미는 동의한다는 듯이 고개를 끄덕였다.

그림의 의견이 옳다고 여겼고, 『갈라테아』의 단서를 찾고 싶은 쿠루미로서도 저택 안을 조사하는 것에 찬성이었다.

"하지만, 혼자서 행동하는 건 위험할 거랍니다. 적어도 2인 1조로 움직이도록 할까요—."

쿠루미가 그렇게 말했을 때, 메이메이가 미안하다는 듯이 손을 들었다.

"저기…… 죄송한데, 화장실에 가고 싶어요. 누가 같이 가주지 않겠어요? 아, 여러분만 괜찮다면 여기서 바로 볼일을 봐도 되는데요……."

그렇게 말한 메이메이는 볼을 붉힌 채 하악하악 하고 거친 숨을 내쉬었다. 마치 여기서 볼일을 보고 싶어 한다는 듯한 태도였다.

"……제가 같이 가겠어요. 혼자 있지 말라고 방금 말씀드렸지만, 화장실의 창문은 채광용이니 괜찮겠죠. 그래도 혹시 모르니 문을 잠그지는 말아주세요."

"아, 네. 왠지 가슴이 좀 뛰네요……."

쿠루미가 쓴웃음을 머금으며 그렇게 말하자, 메이메이는 볼을 더 붉혔다.

"그럼 다녀오겠어요. 그림 씨와 요리코 씨는 혹시 모르니 무기가 될 만한 것을 찾아봐 주셨으면 해요."

"아, 네."

"알겠습니다."

쿠루미가 그렇게 말하자, 그림과 요리코는 고개를 끄덕였다. 쿠루미는 『재스민』을 챙기더니, 메이메이의 뒤를 따라 복도 끝에 있는 화장실로 걸어갔다.

"그럼 빨리 볼일을 보고 올 테니, 잠시만 기다려주세요."

"네. 『안젤리카』 양을 제가 맡아둘까요?"

쿠루미가 묻자, 메이메이는 고개를 저었다.

"아뇨. 괜찮답니다. 왠지 마음이 놓이지 않으니까요. 게다가—."

"게다가?"

"요즘 들어서는 아가씨께서 경멸에 찬 눈길로 쳐다봐주셔야 볼일을 볼 수가 있거든요."

"……그런가요."

쿠루미는 지친 듯이 한숨을 내쉬었다. 세상에는 참 별의별 사람이 다 있는 것 같았다.

메이메이는 화장실에 들어가더니, 문을 닫았다. 쿠루미의 말대로, 문을 잠그지는 않았다.

하지만, 그로부터 수십 초 후—.

『어……? 이, 이게 뭐죠?! 우읍……?!』

화장실 안에서 억눌린 비명과, 덜커덩거리는 소음이 들려왔다.

"……앗! 메이메이 씨?!"

화장실 안에서 무슨 일이 일어난 건지는 알 수 없었다. 하지만 긴급한 상황이란 사실을 눈치챈 쿠루미는 다급히 화장실의 문을 열려고 문손잡이를 움켜쥐었다.

"아니……?!"

하지만 쿠루미가 아무리 문손잡이를 돌려도, 문은 열리지 않았다.

메이메이가 잠근 게 아니다. 그렇다고 이 낡은 문에 원격 조작식 전자 잠금장치가 탑재되어 있을 것 같지도 않았다.

『무슨 일인가요, 쿠루미 양!』

『재스민』에서 마츠리카의 당황한 목소리가 들려왔다. 쿠루미는 미간을 찌푸리더니, 문손잡이를 돌린 채로 문에 몸통 박치기를 했다.

그러자―.

"꺄앗……?!"

아까까지만 해도 잠겨 있던 문이 거짓말처럼 열렸다. 그 바람에 쿠루미는 하마터면 그 자리에서 넘어질 뻔했다.

하지만 그런 것을 신경 쓸 때가 아니었다. 쿠루미는 균형을 잡더니, 화장실 안을 들여다봤다.

거기에는…….

"메이메이…… 씨―."

아까 전의 사사키와 마찬가지로, 완전히 혼이 빠져나간

메이메이가 힘없이 벽에 기대앉아 있었다.

"아니…… 대체 왜……."

쿠루미는 미심쩍은 듯이 미간을 찌푸린 후, 퍼뜩 놀라며 고개를 들었다.

화장실 천장에 설치되어 있던 환기구가 훤히 열려 있었다.

"설마, 여기로……?"

바로 그때, 『재스민』에서 또 목소리가 흘러나왔다.

『쿠루미 양, 「안젤리카」의 모습이 보이지 않아요. 게다가 메이메이 씨의 얼굴에도 빨간 립스틱이…….』

"대체, 뭐가 어떻게 된 거죠—."

말을 이으려던 쿠루미는 갑자기 숨을 삼켰다.

"꺄앗—!"

다음 순간, 쿠루미의 등 뒤에서 새된 비명이 들려왔다.

"그림 씨……!."

뒤를 돌아본 쿠루미는 그 자리에 있는 인물의 이름을 불렀다. 아무래도 소란스러운 소리를 듣고 뛰어온 것 같았다.

"죄송해요. 방심했어요. 메이메이 씨까지—."

쿠루미는 안타까운 목소리로 그렇게 말하다가, 도중에 입을 다물었다.

그림의 얼굴에 어려 있는 공포의 기색이, 쿠루미를 향하고 있다는 사실을 눈치챈 것이다.

"서, 설마…… 쿠루루얼 씨, 당신이……."

"……제, 제가 아니에요. 갑자기 화장실 문이 열리지 않더니……."

"열려 있잖아요!"

그림은 화장실의 문을 손가락으로 가리키더니, 새된 목소리로 외쳤다.

그리고 그대로 뭔가를 눈치챈 것처럼, 어깨를 부르르 떨었다.

"그러고 보니, 사사키 씨 때도 문을 연 사람은 쿠루루얼 씨였죠……? 아아…… 그래. 애초에 문이 열리지 않는다고 말한 사람은 너뿐이잖아! 우리는 문을 만지지도 않았어……! 처음부터 밀실이 아니었던……!"

"그림 씨! 진정하세요!"

"시끄러워! 이제 안 속아! 네가 주최자지?!"

쿠루미는 그림을 진정시키려 했지만, 그림은 그 말을 들은 척도 하지 않으면서 쿠루미를 손가락으로 가리켰다.

"진정하세요……. 황당무계한 이야기군요. 대체 무슨 근거로—."

"방금! 저 인형이 말을 했잖아!"

그림은 쿠루미의 말을 끊듯이 고함을 질렀다. ……아무래도, 마츠리카와의 대화를 들은 것 같았다.

"으음……. 그건, 저기……."

쿠루미의 볼을 타고 땀방울이 흘러내렸다. ……범인으로

추정되는 이 모임의 주최자, 베누스는 『살아 있는 인형』을 보여주겠다고 말했다. 느닷없이 인형이 말을 하는 광경을 본다면, 그런 인형을 가진 쿠루미를 흑막이라 여기는 것도 무리는 아니었다.

"……그, 그런 게 아니랍니다."

"왜 갑자기 말을 더듬거리는 건데?!"

그림은 날카로운 눈길로 쿠루미를 노려봤다. 완전히 쿠루미를 범인으로 단정 지은 듯한 태도였다.

그러자 이 상황을 보다 못한 건지, 쿠루미가 들고 있는 『재스민』한테서 목소리가 흘러나왔다.

『이야기 좀 들어주세요! 이분은 범인이 아니랍니다!』

"꺄아아아앗! 진짜로 말을 했어어어어어어엇?!"

그 목소리를 들은 그림은 어마어마한 비명을 지르면서 복도로 뛰쳐나가고 말았다.

"……마츠리카 양."

『……죄송해요. 쿠루미 양의 의심을 풀어줄 생각이었는데…….』

"……그 마음만 감사히 받겠어요."

쿠루미는 땅이 꺼지게 한숨을 내쉬었지만, 지금은 이러고 있을 때가 아니다. 한시라도 빨리 자신을 향한 의심을 풀어야만 하며, 무엇보다 그림을 혼자 있게 하는 건 너무 위험했다.

아무래도 그림은 복도 끝— 자신한테 주어진 방으로 도망친 것 같았다. 서둘러 그쪽으로 뛰어간 쿠루미는 문에 노크를 했다.

"그림 씨, 제 말을 좀 들어주세요. 저는 범인이 아니랍니다."

그리고 호소하는 목소리로 그렇게 말했다.

하지만 아무리 기다려도 문 너머에서는 목소리가 들려오지 않았다.

"설마……."

불길한 예감이 뇌리를 스쳤다. 쿠루미는 문손잡이를 쥐더니, 손에 힘을 줬다.

문은 잠겨 있지 않았다. 문은 간단히 열렸다.

그리고 예상대로, 방 안에는—.

"그림 씨……."

사사키, 메이메이와 마찬가지로, 의식을 잃은 그림이 쓰러져 있었다.

『설마, 그림 씨까지…….』

마츠리카가 『재스민』 너머에서 안타까운 목소리를 냈다.

하지만 쿠루미는 그림의 몸을 살펴보지도 않더니, 그대로 뒤돌아서서 복도를 내달렸다.

이유는 단순했다. 그 이전에 확인해야만 하는 게 있는 것이다.

『쿠루미 양, 어디 가는 건가요?!』

"요리코 씨의 모습이 보이지 않아요!"

그렇다. 그림과 함께 휴게실에 남았던 요리코의 모습이 보이지 않았다.

설마 요리코가 이 사건의 흑막인 것일까.

아니면—.

"……!"

휴게실로 돌아온 쿠루미는 주위를 둘러보더니, 숨을 삼켰다.

휴게실 안쪽에 있는 조그마한 창고. 그곳에, 의식을 잃은 요리코가 쓰러져 있었다. 몸은 축 늘어져 있었으며, 입술 또한 다른 이들과 마찬가지로 붉게 칠해져 있었다.

상황으로 추측해볼 수밖에 없지만, 아마 그림과 요리코는 쿠루미의 요청에 따라서 무기가 될 만한 것을 찾고 있었으리라.

하지만 화장실에서 비명이 들려왔기에, 그림은 그곳으로 향했고— 홀로 남겨진 요리코는 습격을 당했다.

그 참상을 본 쿠루미는 인상을 찡그렸다.

"대체 무슨 일이 일어나고 있는 거죠……?"

『설마, 쿠루미 양을 제외한 전원이 혼수상태에 빠지다니……. 앗, 쿠루미 양. 진짜로 범인인 건 아니죠?』

"마츠리카 양은 쭉 저와 함께 행동했잖아요."

쿠루미가 눈을 살짝 부릅뜨며 그렇게 말하자, 마츠리카는「참, 그랬죠」하고 대꾸했다.

"……."

쿠루미는 생각에 잠겼다.

주최자인 베누스가 아티팩트를 가지고 있다는 건 틀림없을 것이다.

하지만 베누스가 대체 어디에 있으며, 어떤 방법으로 다른 사람들을 습격한 건지는 짐작조차 되지 않았다.

『저기, 쿠루미 양.』

마츠리카가 머뭇거리며 입을 열었다. 쿠루미는 작게 한숨을 내쉰 후에 응답했다.

"……왜 그러시죠?"

『다른 분들은 침대에 눕혀주는 편이 좋지 않을까요……? 바닥에 쓰러진 채로 뒀다간 감기에 걸릴지도 모르고, 메이메이 씨와 요리코 씨는 불편한 장소에 쓰러져 있으니까요…….』

"죄송하지만, 지금은 거기까지 신경 쓸 여유가—."

말을 이으려던 순간, 쿠루미의 눈썹이 떨렸다. —생각해 보니, 네 사람이 습격을 당한 상황에는 공통점이 하나 있었다.

"다들, 작은 방에서 습격을 받았어……?"

그렇다. 사사키와 그림은 자기 방, 메이메이는 화장실, 요리코는 창고에서 습격을 당했다. 장소는 다르지만, 다들 격리된 공간에 혼자 있는 타이밍에 당한 것이다. 거꾸로 말하자면, 커다란 방이나 복도에서 습격을 당한 인물은 한 명도 없다.

"뭔가 이유가—."

바로 그때, 쿠루미는 말을 멈췄다.

복도에서, 조그마한 발소리 같은 게 들려온 것이다.

"……! 누구죠?!"

쿠루미는 날카로운 눈길로 그쪽을 쳐다봤다.

쿠루미 이외의 참가자 및 집사는 전원 혼수상태에 빠졌다. 그녀들 중 누군가가 깨어난 게 아니라면, 저 발소리는 쿠루미에게 있어 바람직하지 않은 존재의 것이 틀림없다.

"아니—."

하지만 각오를 다졌는데도, 경악이 목에서 흘러나오는 것까지 막을 수는 없었다.

하지만 그것도 당연했다.

—수많은 인형이, 자기 발로 걸어오는 광경을 목격했으니 말이다.

"살아 있는…… 인형……?"

쿠루미는 전율에 찬 목소리로 그렇게 중얼거렸다.

『——, ————.』

『……, …………, ————.』

『————, …………..』

그렇다. 화려한 옷을 입은 아름다운 인형들이, 알아들을 수 없는 소리를 내면서 차분한 발걸음으로 쿠루미에게 다가오고 있었다. 그 모습은『살아 있는 인형』이라고 부를 수밖에 없을 듯한 광경이었다.

정확한 숫자는 모르겠지만, 수십 개는 될 것 같았다. 유심히 보니 그 안에는 행방을 알 수 없던『백설』,『†시역의 아니마†』,『안젤리카』도 있었다.

"이건……."

그것을 본 쿠루미는 눈썹을 살짝 찌푸렸다.

그리고, 눈치챘다. 인형들은 쿠루미를 직접 습격하려는 게 아니라, 그녀에게 겁을 줘서 다른 장소로 몰아넣으려 하고 있다는 것을 말이다.

『역시 아티팩트……! 이 애들이 다른 분들을 습격한 걸까요?!』

마츠리카가 당황한 목소리로 그렇게 외쳤다. 카메라 너머이기는 하지만, 수십 개의 인형이 몰려오는 광경은 그야말로 섬뜩한 영상일 것이다.

"글쎄요. 어떠려나요—!"

하지만 쿠루미는 인형들에게서 도망치기는커녕, 벽에 장식되어 있던 꽃병을 인형한테 집어 던졌다.

날카로운 소리를 내면서 꽃병이 인형의 발치에서 부서지더니, 도자기 파편과 꽃잎, 그리고 물이 사방에 흩뿌려졌다.

『……!』

『——, ————!』

쿠루미가 반격을 할 거라고는 생각하지 못한 건지, 인형들은 부리나케 도망쳤다.

이윽고 휴게실에는 다시 정적이 감돌았다.

"어머……?"

바로 그때, 쿠루미의 눈썹이 희미하게 흔들렸다.

방 입구에 굴러다니는 촛대가 눈에 들어왔다. 요리코가 들고 있던 것이다.

그게 평범한 촛대라면 쿠루미도 관심을 가지지 않았을 것이다. 하지만 그 촛대는 손잡이 부분을 팔처럼 놀리면서, 필사적으로 휴게실에서 나가려 했다. 마치 인형들을 미처 쫓아가지 못해 뒤처진 것처럼 말이다.

『저, 저게 대체 뭐죠…….』

"……."

쿠루미는 긴장을 풀지 않은 채 다가가더니, 그 촛대를 손에 쥐었다.

『……!』

촛대는 당황한 것처럼 몸(?)을 버둥거렸다. ……왠지 보고만 있어도 기분 나빴다.

하지만 쿠루미는 개의치 않고 그 촛대를 꼼꼼히 살펴보더니, 무언가를 발견하고 눈을 가늘게 떴다.

"이건……."

『키스 마크……인가요?』

마츠리카도 카메라 너머로 그것을 본 건지, 의아한 목소리로 그렇게 말했다.

그렇다. 촛대의 받침 뒤편에는 새빨간 립스틱 자국이 남아 있었다.

"흐음……."

쿠루미는 작게 신음을 흘리더니, 엄지로 그 키스 마크를 훑었다.

바로 그때였다. 생물처럼 꿈틀거리던 촛대가 부르르 떨더니, 평범한 촛대로 되돌아간 것처럼 꼼짝도 하지 않았다.

"――."

그 광경을 본 쿠루미는 작게 숨을 들이마셨다.

아티팩트 『갈라테아』. 인형에게 인간의 혼을 이식하는 공예품. 혼수상태에 빠진 참가자들. 사라진 인형. 남겨진 흔적―.

흩어져 있던 모든 요소가, 쿠루미에게 하나의 가능성을 제시해줬다.

"설마……."

쿠루미는 그렇게 중얼거리면서 주위를 둘러보았다.

그 모습을 본 건지, 마츠리카가 입을 열었다.

『쿠루미 양, 왜 그러시죠?』

"……추리의 시간이 아로새겨졌답니다. 전부 알았어요. 범행 방법도, 범인이 어디에 있는지도 말이죠."

쿠루미가 그렇게 말하자, 마츠리카는 깜짝 놀란 것처럼 숨을 삼켰다.

『저, 정말인가요? 범인은 대체 어디에 있나요?!』

마츠리카가 물었다. 쿠루미는 숨을 가늘게 내쉬더니, 촛대를 책상 위에 내려놨다.

"마츠리카 양—. 『갈라테아』는 인간의 혼을 인형에게 이식하는 아티팩트…… 맞죠?"

『아, 네. 그게 어쨌다는 거죠?』

"이어서 묻겠어요. —인형이란, 뭘까요?"

『네……?』

마츠리카가 어리둥절한 표정을 지으며 되물었다. 목소리를 낸 것이 인형인 『재스민』이라 그런지, 자신의 존재의의에 대한 질문을 받고 어안이 벙벙해진 것처럼 보이기도 했다.

『그건…… 인간의 형태를 한 것…… 아닐까요?』

"네. 하지만 애초에 무엇을 통해, 그것이 인간의 형태를 하고 있다는 정의를 내릴까요. 얼굴이 있으면 될까요? 손발이 있으면 될까요? 인간의 뇌는 점이 세 개 있기만 해도 그것을 얼굴로 인식하는데 말이에요."

『즉…… 사용자의 인식에 따라, 그 어떤 것에도 혼을 옮길 수 있다……는 말인가요?』

“그렇답니다. —그리고 이번 모임의 주최자, 베누스 씨는 처음부터 이 장소에 계셨어요. 어떤 사물에, 자신의 혼을 옮겨서 말이죠.”

『어떤 사물…… 그게 대체 뭔가요?!』

마츠리카가 묻자, 쿠루미는 천천히 천장을 올려다봤다.

“—**이 저택 자체랍니다**.”

쿠루미가 그렇게 말한 순간…….

저택 전체가 비틀리는 것처럼, 삐걱거리기 시작했다.

『히익……!』

마츠리카는 겁을 먹은 것처럼 숨을 삼켰다.

하지만 쿠루미는 차분한 태도로 말을 이었다.

“이상하다고 생각하긴 했답니다……. 아무것도 없는 곳에서 느껴지는 시선과, 상황에 맞춰 열렸다가 잠기는 문…… 환경 그 자체가 범인이라면, 전부 설명이 되죠.”

『그, 그럼, 아까 그 인형들은…….』

“아마 몸에서 혼을 뽑힌 피해자들일 거랍니다. 『백설』 양과 『안젤리카』 양도 있었어요. —저에게 도움을 청하는 건지, 아니면 범인에게 협박을 당한 건지는 모르겠지만 말이죠.”

그렇게 말한 쿠루미는 아까까지 움직이던 촛대를 쳐다봤다.

“저 촛대는 요리코 씨, 혹은 예전에 고용되었던 집사분…… 이려나요. 적당한 인형이 없어서, 저런 물건에 혼을 옮긴 걸지도 모르겠군요. 뭐, 덕분에 인형 이외의 물건에도 혼을 옮길 수 있다는 가능성을 눈치챘지만 말이죠.”

『하, 하지만, 그걸 알기는 했지만, 이제부터 어떻게 하죠? 저택 그 자체가 범인이라니…… 범인의 배 속에 있는 거나 마찬가지잖아요!』

마츠리카는 비명에 가까운 목소리로 고함을 질렀다.

“그래요. 마츠리카 양의 말이 옳답니다. 눈에 비치는 모든 것이 적이라 해도 과언이 아니니까요. 참 절망적인 상황이군요.”

『쿠, 쿠루미 양…….』

하지만, 하고 쿠루미는 말을 이었다.

“단, 그것은 제가 이 자리에서 도망치는 것만을 고려했을 때의 이야기랍니다.”

『어—.』

마츠리카의 얼이 나간 듯한 목소리를 들으면서, 바닥을 박찬 쿠루미는 휴게실에서 복도로 뛰쳐나갔다.

『쿠루미 양, 대체 뭘……!』

“베누스 씨가 이 저택으로 혼을 옮겼다면, 그것을 해제해드리면 되지 않겠어요?”

『해제…… 그게 가능한가요?!』

“네. 제 예상이 옳다면, 이 저택 어딘가에 『갈라테아』의 표식이 있을 거랍니다. 그것만 찾으면—.”

그 순간, 쿠루미는 바닥을 박차며 공중으로 몸을 날렸다.

복도의 바닥이 파도치듯 꿈틀거리면서, 쿠루미의 발을 노린 것이다.

『꺄앗?! 대, 대체 뭐가 어떻게 된 거죠~?!』

“후훗. 베누스 씨도 수단과 방법을 가리지 않나 보군요.”

쿠루미는 입술 가장자리를 일그러뜨리더니, 프릴이 달린 치맛자락을 휘날리며 복도를 달렸다.

바닥이 떨리고, 벽이 튀어나왔으며, 장식품과 소품이 날아다녔다. 마치 폴터가이스트 현상을 보고 있는 것 같았다.

확실히 이 정도로 저택을 자유자재로 조종할 수 있다면, 피해자들을 잡는 것도 손쉬울 것이다.

범행 현장이 전부 작은 방이었던 것도 납득이 됐다. 큰 방이나 복도보다 벽과 벽 사이의 거리가 좁고, 도망칠 곳이 없는 것이다.

『우햐아아아아아앗?! 우오오오오오—?!』

옆구리에 낀 『재스민』에서 마츠리카의 비명이 터져 나오자, 쿠루미는 어처구니없다는 듯이 한숨을 내쉬었다.

“어째서 마츠리카 양이 비명을 지르는 거죠?”

『아니, 쿠루미 양이야말로 어째서 그렇게 침착한 건가요?!』

“뭐, 옛날에 이런저런 일이 있었으니까요. 물리법칙을

뜯어고치거나 무조건 죽는 빔 같은 걸 쏘지 않는 것만으로도 그나마 다행이란 생각이 들지 않나요?"

『그게 무슨 소리죠오오오오오?!』

마츠리카의 비명만을 그 자리에 남기며, 쿠루미는 계단을 뛰어 올라갔다.

목제 계단이 다급하게 무너졌지만, 이미 늦었다. 쿠루미는 그대로 몸을 날려서 2층 복도에 도달하더니, 그 기세를 실어서 침실의 문을 걷어찼다.

그렇다. 만약 『갈라테아』의 표식이 있다면, 출입이 금지된 이 저택 주인의 방에 있을 거라고 쿠루미는 짐작한 것이다.

"빙고, 군요—."

쿠루미는 눈을 가늘게 뜨며 말했다.

방 가장 안쪽의 벽에, 빨간색 키스 마크가 있었던 것이다.

『저건…… 촛대에 있던 것과 같나요……?』

"네. 아마 『갈라테아』란 립스틱 형태를 한 아티팩트가 아닐까요. 그것을 입술에 바르고 인형에 입맞춤을 하면, 대상자의 혼이 그것으로 옮겨가는 것이랍니다."

피해자의 입술에는 한 명의 예외도 없이 붉은색 립스틱이 발라져 있었다. —그것을 통해, 혼이 뽑혀 나갔을 것이다.

『그렇군요…… 그럼 저것만 없애면……!』

"네. 이 저택과 베누스 씨의 연결을 해제할 수 있지 않을까요.”

단, 하고 쿠루미는 이어서 말했다.

“이제부터가 승부처일 것 같군요.”

그렇다. 키스 마크가 있는 곳은 침실 가장 안쪽의 벽이다. 피해자들이 습격을 당한 것과 마찬가지로 방 안인 것이다. 벽 사이의 거리가 가까운 만큼, 상대로서는 쿠루미를 잡기 쉬울 것이다.

하지만 이대로 가만히 있을 수도 없다. 쿠루미는 각오를 다지더니, 침실 안쪽으로 몸을 날렸다.

그 순간, 마치 기다리고 있었다는 듯이 침실의 벽이, 바닥이, 천장이, 그리고 방에 놓여 있는 가구가 쿠루미를 덮쳤다.

“큭—!”

쿠루미는 가볍게 몸을 놀리면서 그것들을 피했지만, 이윽고 도망칠 곳이 없어진 바람에 발이 커튼에 휘감기고 말았다.

『쿠루미 양!』

마츠리카의 목소리가, 매우 좁아진 방 안에 울려 퍼졌다.

마치 그 목소리에 맞춘 것처럼, 어딘가에서 비틀린 목소리가 들려왔다.

『내 친구— 아무한테도— 넘겨주지 않을 거야—.』

건물이 울리는 듯한 그 소리는, 한편으로 인간의 목소리처럼 들리기도 했다.

쿠루미는 괴로운 듯이 몸을 비틀면서도, 자신만만한 미소를 머금었다.

"드디어 이야기를 나누게 됐군요, 베누스 씨. 원래라면, 인간의 모습으로 만나고 싶었답니다."

쿠루미가 그렇게 말하자, 그 목소리는 더욱 커졌다.

『너도— 친구로— 만들어줄게—.』

"어머나, 어머나……."

쿠루미는 눈을 가늘게 뜨더니, 입술을 일그러뜨렸다.

"저도 인형으로 만들 생각인가요? 우후후— 그렇다면 원하시는 대로 해드리죠."

『뭐—.』

쿠루미가 그렇게 말하자, 그 목소리에는 마치 허를 찔린 듯한 기색이 어렸다.

다음 순간, 쿠루미는 오른손 엄지로, 자신의 입술을 훔쳤다.

—아까 촛대에 묻어 있던 립스틱을 훔친, 바로 그 엄지로 말이다.

"아티팩트『갈라테아』— 그 힘을 선보여주세요."

그리고 쿠루미는 새빨간 색을 띤 그 입술로, 손에 들고 있던 인형『재스민』에게 입맞춤을 했다.

그 순간—.

"——."

마치 잠에 빠져드는 것처럼, 쿠루미의 의식은 어둠에 삼켜졌다.

하지만, 그것도 잠시에 불과했다.

『어머나, 어머나…….』

한 번 사용된 『갈라테아』가 또 효과를 보일지는 도박이었지만— 아무래도 성공한 것 같았다.

『재스민』의 몸으로 옮겨간 쿠루미는 자신만만한 웃음을 흘렸다.

『인형의 몸에 들어가는 건, 이런 느낌이군요. 후후후. 나이가 들거나 병들지 않는 몸은 매력적일지도 모르겠어요—.』

하지만, 하고 말한 쿠루미는 구체 관절을 움직여서 벽에 있는 키스 마크를 쳐다봤다.

『그것은 한순간의 꿈에 지나지 않는답니다. 당신도 슬슬 잠에서 깨어날 시간이 아닐까요?』

『히익—.』

겁먹은 듯한 목소리가 들려오더니, 방의 벽이 흔들렸다.

인형의 몸이 된 쿠루미는 가볍게 몸을 움직여서, 안쪽의 벽에 도달하더니—.

『그럼 이만 실례하겠어요, 베누스 씨. —다음에는 부디 인간의 몸으로 만났으면 좋겠군요.』

옷자락으로 훔치듯, 키스 마크를 닦았다.

◇

"—어둠을 걷어내는 건(생략) 폭력이랍니다~!"

숲속의 서양식 저택에서 벌어진 그 사건을 해결하고 며칠 후.

토키사키 탐정사의 문을 힘차게 열어젖히며 나타난 이는 당연히 마츠리카였다. 평소처럼 아름다운 드레스를 입었으며, 머리카락의 드릴 상태도 끝내줬다. 그런 그녀는 은색 서류 가방을 들고 있었다.

"중요한 부분을 생략하지 말아주시겠어요?"

쿠루미는 눈을 살짝 부릅뜨며 그렇게 말하더니, 천천히 그녀를 향해 몸을 돌렸다.

당연하다면 당연하겠지만, 쿠루미는 현재 원래 몸으로 되돌아갔다. 쿠루미는 서양식 저택에서의 사건을 해결하기 위해서『재스민』으로 혼을 옮겼지만, 그 후에 키스 마크를 닦자 의식이 원래 몸으로 돌아갔다.

그 후에 저택 안을 샅샅이 뒤져보니, 빈방에서 수많은 『살아 있는 인형』이 발견됐다. 역시 그녀들은 쿠루미의 예상대로, 베누스에 의해 혼이 이식된『돌 하우스』회원들인 것 같았다.

키스 마크를 닦아주자, 그들의 의식은 원래 몸으로 되돌아갔다.

"그런데, 저한테 무슨 볼일이라도 있나요?"

"네, 바로 이것이에요."

그렇게 말한 마츠리카는 들고 있던 가방을 테이블 위에 올려놓고 열었다.

그 안에는 정교하게 세공된 조그마한 병과 입술연지를 바르는 붓이 들어 있었다.

"이건……."

"아티팩트『갈라테아』랍니다."

"……아!"

마츠리카가 그렇게 말하자, 쿠루미는 무심코 눈을 동그랗게 떴다.

"그렇다면 범인을 찾은 거군요?"

"네. 그 저택의 소유자를 추적한 결과, 어느 인물이 포착됐어요. 이번 사건의 증거를 제시하며 취조하자, 의외로 순순히 실토하더군요."

"그랬나요. 대체 어떤 인물이었나요……?"

"으음— 이름은 카타시로 아이미 양. 중학생 여자아이였답니다."

"중학생……?"

쿠루미는 의아하다는 듯이 미간을 찌푸렸다.

"마츠리카 양이 사라진 아티팩트를 가지고 있었던 거죠? 그렇다면 그녀는 강탈범 일당 중 한 명 아닌가요?"

"자세한 건 이제부터 조사해볼 예정인데…… 돌아가신 할아버님 앞으로 온 소포 안에, 이게 들어 있었다는 것 같더군요."

"흠……."

쿠루미는 고개를 갸웃거리며 팔짱을 꼈다. ―그 아이의 할아버지와 아티팩트를 훔친 범인 사이에 어떤 연관이 있는 것일까. 어쩌면 책임을 면하려고 거짓말을 하고 있을 가능성도 없지는 않다.

"그런데, 그 아이미 양은 어째서 이런 일을 벌인 거죠?"

"듣자 하니, 어릴 적부터 병치레가 찾아서 쭉 병원에 입원해서 지냈다고 해요……. 친구를 가지고 싶어서, 사람의 혼이 담긴 인형을 모은 것 같답니다."

"그랬군요……."

마츠리카가 그렇게 말하자, 쿠루미는 먼 곳을 바라보는 듯한 눈빛을 머금으며 한숨을 내쉬었다.

"그 처지는 딱하지만, 그렇다고 해서 그런 흉악한 짓을 저지를 이유는 될 수 없답니다."

쿠루미는 그렇게 말하면서 자조하듯 웃었다. ―마츠리카 앞이라 허울 좋은 말을 늘어놨지만, 쿠루미에게 그런 말을 할 자격이 있을 리가 없었다.

"마츠리카 양. 아이미 양이 입원한 병원을 가르쳐 주세요."

쿠루미가 그렇게 말하자, 마츠리카의 볼을 타고 땀방울이 흘러내렸다.

"그건 괜찮지만…… 귀중한 증인이 될 가능성이 있으니, 가능하면 목숨을 뺏지는……."

"저를 뭘로 보고 그런 소리를 하는 거죠?"

"어, 그럼 뭘 하려는 건가요?"

마츠리카는 영문을 모르겠다는 투로 물었다.

쿠루미는 눈을 살짝 내리깔며 답했다.

"—친구를 한 명, 늘릴까 한답니다."

Case File III

구역질 나는 맛이군요.

쿠루미 리스토란테

테이블 위에 놓인 양초의 불꽃이, 맞은편에 앉은 여성의 얼굴을 요사하게 비췄다.

아니—『얼굴』이라는 표현에는 어폐가 있을지도 모른다.

왜냐하면, 맞은편의 여성은 얼굴의 위쪽 절반을 정교하게 장식된 가면으로 감추고 있었던 것이다.

게다가 입고 있는 것은 눈부시게 아름다운 드레스이며, 머리카락은 세로 롤 스타일로 말았다. 마치 가면무도회의 참가자 혹은 밤에만 운영하는 그렇고 그런 가게의 여왕님 같았다. 너무 수상쩍어서, 수상하지 않은 구석을 찾는 게 힘들 지경이었다.

"어머나—."

쿠루미의 시선을 눈치챈 건지, 가면을 쓴 여성이 반응을 보였다.

"쿠루미 양. 제 얼굴에 뭐라도 묻었나요?"

그리고 그렇게 말하면서 고개를 살짝 갸웃거렸다. 기묘한 외모와 다르게, 목소리는 참 친근했다.

그럴 만도 했다. 지금 쿠루미의 눈앞에 앉아 있는 정체불명의 여성은 바로, 그녀의 동급생 겸 후원자인 스카라베 마츠리카니까 말이다.

"아, 네. 참 큼지막한 것이 얼굴에 붙어 있긴 하답니다."

"어."

쿠루미가 어깨를 으쓱하며 그렇게 말하자, 마츠리카는

놀란 표정으로 자기 얼굴을 더듬었다.

하지만 곧 쿠루미가 말한 게 가면이란 점을 눈치챘는지, 「아이참」 하고 말하며 입술을 삐죽 내밀었다.

"그렇게 치자면, 쿠루미 양도 마찬가지잖아요."

"……."

쿠루미는 그 말을 듣더니, 가면을 쓴 채 인상을 찡그렸다.

그렇다. 마츠리카의 말대로, 쿠루미 또한 검은색 드레스 차림에 기묘한 디자인의 가면으로 얼굴을 숨기고 있었다.

물론 쿠루미도 좋아서 이런 복장을 한 것은 아니지만, 지금은 그런 말을 할 때가 아니다. 쿠루미는 말없이 주위에 시선을 보냈다.

쿠루미 일행이 있는 곳은 어둑어둑한 레스토랑의 홀이었다. 동일한 간격으로 테이블이 배치되어 있으며, 그곳에 손님이 몇 명씩 앉아 있었다. 총 인원은 서른 명 정도일 것이다.

그들 전원이 쿠루미 일행과 마찬가지로 가면을 쓰고 있었다.

—마치, 자신이 이곳에 있다는 사실 자체를 희석시키려는 것처럼 말이다.

아마 다들, 자신이 이 가게에 드나든다는 사실을 주위 사람들에게 알리고 싶지 않은 것이리라.

이유와 원리는 모르지만, 이해는 하고 있는 것이다.

자신들이 손대는 것이, 상식의 영역 밖에 존재하는『무언가』란 사실을 말이다.

쿠루미가 그런 생각을 하고 있을 때, 몇 명의 종업원이 왜건을 밀면서 홀에 나타났다.

젊은 여성이었다. 얼굴을 가면으로 가렸으며, 반대로 목 아래에는 속옷이나 다름없는 옷차림을 하고 있었다. 그 기묘한 광경은 이 홀의 비정상적인 느낌을 더욱 증폭시켰다.

종업원이 등장하자, 손님들이 술렁거렸다.

하지만 젊은 여성의 부드러운 속살을 보고 흥분한 것은 아니리라.

손님들의 시선은 종업원들이 밀고 있는 왜건 위— 은으로 된 뚜껑으로 덮여 있는 요리를 향하고 있었다.

"쿠루미 양."

"네. 드디어 나오는군요."

마츠리카의 말을 들은 쿠루미가 조용히 고개를 끄덕였다.

그 말에 맞춘 것처럼, 종업원이 두 사람의 테이블에 도착했다.

"오래 기다리셨습니다."

맑은 목소리로 그렇게 말한 집사는 두 사람 앞에 접시를 뒀다.

"우선 에피타이저입니다. —아찔한 신비의 세계를, 부디 즐겨주시길."

그런 과장된 표현을 하며, 종업원은 은제 뚜껑을 들어 올렸다.

◇

『오늘은 드라마 「하루란만」에 출연 중이신 여배우, 타바타 타에 씨를 모셨습니다. 기적의 50대라 불리는 타바타 씨의, 젊음의 비결을 알아보겠습니다—.』

텔레비전에서 흘러나오는 음성을 한 귀로 흘려들으면서, 토키사키 쿠루미는 홍차를 한 모금 홀짝였다.

휴일 오후. 역 근처에 있는 『토키사키 탐정사』의 응접 공간. 딱히 탐정으로서의 일거리가 있는 건 아니지만, 워낙 입지조건이 좋은 곳이기에 요즘 들어서는 독서나 글쓰기나 조사 등의 용도로 이곳을 이용하는 일이 잦았다.

텔레비전도 그냥 틀어뒀을 뿐, 방송 내용에는 그다지 흥미가 없었다. 쿠루미는 한 손에 책을 들고 있었으며, 시선은 그 책을 향하고 있었다. 완전한 무음 상태보다는 적당한 소음이 존재하는 편이 집중이 잘 되기에, BGM 삼아서 적당한 방송을 틀어둔 것이다.

쿠루미가 책의 페이지를 넘겼을 때였다.

"사건이랍니다아아아아아아아아아아아앗—!!"

적당한 소음이라기에는 너무 큰 고함을 지르며, 누군가

가 방 안으로 굴러들어왔다.

"……."

쿠루미는 방문자의 얼굴을 확인하지도 않으며, 한숨을 내쉬었다.

그 목소리가 싫증 날 정도로 귀에 익은 데다, 애초에 이런 기행을 벌일 지인은 딱 한 명뿐이다.

"마츠리카 양은 중장비에 비유하자면 불도저일 것 같군요."

"우선 여성을 중장비에 비유하지 말아주시겠어요?!"

도끼눈을 뜨며 그렇게 말한 방문자— 스카라베 마츠리카는 불만을 표시하듯 그렇게 말했다.

움직이기 참 힘들어 보이는 드레스를 입은, 그야말로 상류층 아가씨 그 자체인 소녀였다. 상당한 속도로 뛰어온 것 같지만, 그녀의 자랑거리인 세로 롤은 전혀 흐트러지지 않았다.

지적할 곳이 많지만, 이미 익숙해졌다. 그리고 지금은 그런 것보다 더 신경 쓰이는 점이 있었다. 쿠루미는 차분한 어조로 물었다.

"사건이란 말은……."

"네! 또 아티팩트 크라임이 일어났답니다!"

쿠루미의 말을 들은 마츠리카가 주먹을 꼭 말아쥐며 그렇게 대꾸했다.

아티팩트란 것은 마술사가 만들어낸, 인지를 초월한 힘

을 지닌 도구의 총칭이다.

예를 들자면, 한번 발사되면 제아무리 거리가 떨어져 있더라도 반드시 목표에 명중하는 탄환.

예를 들자면, 인간의 혼을 인형으로 옮기는 립스틱.

그런 도구가 범죄에 쓰인다면, 범상치 않은 피해가 발생할 것이 명백했다.

쿠루미가 있는 이 장소— 토키사키 탐정사는 아티팩트에 의해 발생하는 불가능 범죄에 대응하기 위해, 마츠리카가 (멋대로) 만든 거점이었다.

"또 인가요. —하긴, 인지를 초월한 힘을 시험해보고 싶어지는 마음이 이해가 안 되는 건 아니랍니다."

쿠루미는 턱을 쓰다듬는 듯한 시늉을 하면서 「그런데」 하고 말을 이었다.

"이번에는 대체 어떤 사건이 일어난 건가요?"

"그게—."

바로 그때, 마츠리카는 뭔가를 눈치챈 것처럼 텔레비전을 손가락으로 가리켰다.

"앗! 이것, 이것이에요!"

"……이것?"

쿠루미는 의아한 표정을 지으면서 텔레비전을 쳐다봤다.

텔레비전에서는 흔한 한낮의 정보 방송을 하고 있었다. 오늘은 왕년의 유명한 여배우를 게스트로 초대해서 젊음의 비결에 관해 인터뷰를 하는 것 같았다.

"이 방송이 어쨌다는 거죠?"

"이 여배우, 타바타 타에 씨 맞죠? 그녀는 올해로 쉰네 살인데— 너무 젊어 보이지 않나요?"

"……네?"

쿠루미는 그 말을 듣더니, 눈을 가늘게 뜨며 화면을 쳐다봤다.

확실히 실제 나이에 비해 젊어 보이기는 했다. 피부는 탄력 있고, 주름도 거의 보이지 않았다. 화장과 촬영 기술 덕택이기도 하겠지만, 그 점을 고려하더라도 약간 비정상적인 수준이었다.

"듣고 보니 그렇군요. 『아오이로』 시절과 거의 달라지지 않은 것 같아요."

"『아오이로』?"

"옛날에 그녀가 주연을 맡았던 드라마랍니다. 매우 인기가 있어서, 방송 다음 날에는 항상 화제가 됐었죠."

"마치 실시간으로 그 방송을 본 듯한 발언이군요. 쿠루미 양은 올해 몇 살인가요?"

"그야 마츠리카 양과 동갑이랍니다……."

쿠루미는 시선을 돌리며 그렇게 말한 후, 화제를 돌리려는 듯이 어험 하고 헛기침을 했다.

"그것보다, 이분이 젊어 보이는 게 문제라도 있나요? 여배우인 만큼, 미용에 신경을 쓰는 것 아닐까요?"

"조사를 해보니, 이분은 요즘 들어 어떤 레스토랑에 다니고 있나 봐요."

"레스토랑……?"

"네. 듣자 하니 그 가게는 『젊어지는 요리』라는 것을 내놓는대요."

"흐음—."

마츠리카가 그렇게 말하자, 쿠루미는 희미하게 미간을 찌푸렸다.

물론 그런 것은 흔한 캐치프레이즈다. 평범하게 생각해보자면, 슈퍼 푸드나 항산화 작용이 뛰어난 식재료를 이용한 요리를 제공하는 곳이리라.

하지만 쿠루미와 마츠리카는 알고 있다. 이 세상에는 그런 황당무계한 요리를 실현할 방법이 존재한다는 것을 말이다.

"『젊어지는 요리』…… 혹시 그런 게 실제로 존재한다면……."

쿠루미는 낮은 신음을 흘리더니, 방금까지 읽고 있던 책을 다시 손에 쥐었다.

그것은 스카라베 저택에서 소장하고 있던 아티팩트의 이름이 적힌 목록이었다. ……진짜 목록은 다른 아티팩트와 함께 사라졌기에, 마츠리카의 기억을 더듬어서 작성한 불완전한 목록이지만 말이다.

하지만 상식의 척도로 잴 수 없는 사건을 해결해야만 하는 쿠루미에게 있어서, 이것이 귀중한 나침반이란 점에는 변함없다. 손으로 쓴 글자를 시선으로 살펴보면서, 페이지를 넘겼다.

이제까지의 사건에서 손에 넣은『마탄』과,『갈라테아』.

그 외에도 몸을 투명하게 만드는『기게스의 반지』, 사람의 정기를 빨아들이는『흡혈귀(뱀피르)의 송곳니』, 상대를 잠재우는『히프노스의 지팡이』등, 악의를 지닌 자의 손에 들어갔다간 무시무시한 피해를 일으킬 아티팩트가 무수히 기재되어 있었다.

쿠루미는 그 책의 한 페이지에서 손을 멈췄다.

"아티팩트『넥타르』—."

쿠루미가 그 이름을 입에 담자, 마츠리카는 동의를 표하듯 고개를 끄덕였다.

"네. 한 입 먹으면 힘이 샘솟고, 늙은 육체도 전성기의 활력을 되찾는다고 하는 마도(魔導)의 약이랍니다. 만약 그런 것을 재료로 쓴다면,『젊어지는 요리』라는 말도 허황된 표현이 아닐 것 같지 않나요?"

"……확실히 그리스 신화에 등장하는 불로불사의 술의 이름이죠? 설마 진짜로 그런 게 존재하는 건가요?"

"아뇨. 신화 속의 이름을 붙이기는 했지만, 그 정도의 효력은 없답니다. 하지만, 강장제로서는 손꼽히는 효능을 지녔어요. 면역이 없는 일반인에게는, 그야말로 마법의 약이라 해도 과언이 아니겠죠."

"그렇군요……."

쿠루미는 생각에 잠기듯 팔짱을 끼더니, 고개를 살짝 갸웃거렸다.

"그런데 아티팩트 크라임이라고 아까 말씀하셨죠? 이번에는 어떤 부분이 범죄에 해당하는 건가요?"

"네?"

쿠루미가 그렇게 말하자, 마츠리카는 어리둥절하다는 듯이 눈을 동그랗게 떴다.

"설령 『젊어지는 요리』에 아티팩트가 쓰였을지라도, 손님에게 좋은 반응을 받고 있잖아요? 그걸 범죄라고 하는 건……."

"아니, 애초에 저희 가문이 소장하고 있던 아티팩트를 훔쳐서 돈을 벌고 있는 시점에서 아웃이지 않을까요?!"

마츠리카가 상기된 목소리로 그렇게 말했다. 쿠루미는 「참, 그랬었죠」 하며 손을 내저었다.

물론 진짜로 그 점을 잊은 건 아니다. 마츠리카는 조금 놀렸을 뿐이다. 마츠리카는 토라진 것처럼 폴을 부풀렸다.

"그런 소문이 돌고 있는 만큼, 조사해볼 가치는 있을지도 모르겠군요. 우선 『젊어지는 요리』라는 게 진짜인지 확인해보도록 할까요. ―마츠리카 양, 가게의 예약을 부탁드려도 될까요?"

"저도 마음 같아선 그러고 싶은데 말이죠……."

"……네? 무슨 문제라도 있나요?"

쿠루미가 묻자, 마츠리카는 난처한 표정을 지으며 고개를 끄덕였다.

"그 레스토랑, 완전 회원제로 한 끼 코스가 1인당 500만 엔이라고 해요."

"푸웁?!"

그 말을 들은 순간, 쿠루미는 사레가 들렸다.

마츠리카는 그럴 만하다는 듯이 팔짱을 끼며 고개를 끄덕였다.

"역시 회원제란 점이 문제군요. 지금 신청을 해도 1년은 기다려야 할 것 같아요. 뭔가 방법이 없나 싶어서 백방으로 손을 쓰고 있긴 하지만……."

"……아, 문제시하는 건 그 점이군요."

마츠리카가 말도 안 되는 식사비는 전혀 언급하지 않자, 쿠루미는 진땀을 흘렸다. 1인당 500만 엔이니 두 사람이 가면 1,000만 엔이나 들지만, 그 점은 딱히 개의치 않는 것 같았다. 쿠루미는 스카라베 가문의 재력이 두려워지기 시작했다.

하지만 그 정보를 통해 『젊어지는 요리』라는 것의 수상함이 상승한 것은 사실이었다.

솔직히 말해 쿠루미는 마츠리카의 착각일 가능성도 염두에 두고 있었지만, 실제로 효과를 실감할 수 없다면 그런

고가의 레스토랑에 사람들이 몰릴 리가 없다.

"어떻게든 조사를 진행해야만 하겠군요. 하지만 어쩌면 좋을까요?"

쿠루미가 고민하고 있을 때, 마츠리카가 자신만만한 투로 「훗훗훗」 하고 웃음을 흘렸다.

"걱정하지 마세요. 이런 일에 대비해, 준비해뒀답니다!"

마츠리카는 그렇게 말하면서 종이 같은 것을 꺼내서 보여줬다.

"어……? 그건……."

"이력서예요!"

"제…… 사진이 붙어 있는 것 같군요."

"제 쪽에서 붙여놨답니다! 참, 안심하세요! 만일에 대비해, 주소와 경력은 위장해뒀어요! 연락처 또한 제 쪽에서 준비한 핸드폰이랍니다!"

"……."

마츠리카의 의도를 눈치챈 쿠루미는 미간을 찌푸리며 땀을 삐질삐질 흘렸다.

◇

그로부터 2주 후.

"자—. 그럼 토키사키 양, 인사하세요."

“오늘부터 신세를 지게 된, 토키사키 쿠루미라고 합니다. 부족한 부분이 많을 테니, 많은 지도편달 부탁드려요.”

시가지 외곽에 있는 회원제 레스토랑 『Nid de Pigeon』.

쿠루미는 완벽한 영업용 스마일을 머금으며, 동료인 홀 스태프를 향해 고개를 꾸벅 숙였다.

결국 쿠루미는 마츠리카가 준비한 이력서를 이용해, 아르바이트로서 레스토랑에 잠입했다.

솔직히 내키지는 않았지만, 어쩔 수 없었다. 그 외에 마츠리카가 내놓은 아이디어는 「영업 종료 후에 몰래 가게에 숨어든다」, 「가게 뒷문에서 대기하면서, 음식물 쓰레기를 내놓는 순간을 기다린다」 였으니 말이다.

딱히 범죄 행위를 저지르는 것에 거부감을 가지고 있지는 않지만, 불법 침입은 리스크가 크다. 그리고 음식물 쓰레기를 뒤지는 것 또한 심정적으로 피하고 싶었다.

그에 비해 종업원으로서 상대의 품속에 들어가는 것은 여러모로 성가시기는 해도 정보 수집이란 관점에서는 정석이며, 운이 좋다면 종업원 식사로 『젊어지는 요리』의 시제품을 맛볼 기회가 있을지도 모른다고 생각했다.

하지만, 아르바이트로 이 레스토랑에 잠입하는 건 쉽지 않았다. 시급이 매우 높아서 응모자가 많았고, 다수의 유명인이 몰래 드나드는 만큼 비밀 유지를 위한 체크도 철저하게 이뤄지고 있었다. 수많은 후보자를 제치고 스태프의 자리를 거머쥘 수 있었던 건, 쿠루미의 뛰어난 활력과 교양 덕분이었다.

"……뭐, 이 유니폼은 예상 밖이지만 말이죠."

쿠루미는 아무에게도 들리지 않을 목소리로, 그렇게 중얼거렸다.

그렇다. 지금 쿠루미가 들고 있는 이 가게의 『유니폼』은 고급 레스토랑의 점원이 입기에는 너무 아방가르드하다고나 할까, 천 면적이 너무 적다고나 할까…… 한마디로 말해, 수영복이나 란제리에 가까웠다.

쿠루미의 표정을 보고 그런 생각을 눈치챈 건지, 홀 책임자인 우스이 키누에가 쓴웃음을 머금으며 어깨를 으쓱했다. 20대 중반 정도로 보이는 키가 큰 여성이었다. 그녀는 쿠루미가 들고 있는 유니폼을 입고 있었다.

"아, 이 옷 말이구나. 놀랐지? ─하지만, 그렇고 그런 가게는 아니니까 안심해. 애초에 우리 가게의 손님은 여성으로 한정되어 있거든. 가게의 토탈 디자인이란 거야. 비일상을 판다고나 할까? 맛있는 요리를 제공하기만 해서는 일류 레스토랑이라고 할 수 없다네."

"하아…… 그런 건가요."

"참고로 접객을 할 때는 이것도 착용해야 해."

"그건 뭔가요?"

"가면."

"진짜로 그렇고 그런 가게가 아닌 거죠?"

키누에가 손에 들고 있는 호들갑스러운 가면을 본 쿠루미는 무심코 인상을 썼다. 당사자인 키누에와 다른 스태프들은 우습다는 듯이 웃고 있었다. 복장 자체는 수상했지만, 직장의 분위기는 나쁘지 않아 보였다.

바로 그때—.

『아……!』

갑자기 스태프들이 어깨를 부르르 떨더니, 곧 긴장된 표정을 지으며 차렷 자세를 취했다.

"어……?"

쿠루미는 한순간 얼이 나간 듯한 반응을 보였지만— 곧 그 원인을 눈치챘다.

쿠루미 일행이 있던 직원 공간의 문이 열리더니, 셰프복을 입은 아담한 체구의 소녀가 들어온 것이다.

소녀— 그렇다, 소녀다. 겉보기에는 고등학생 정도로 보였다. 적어도 줄지어 선 스태프들보다 어려 보였다. 그 바람에 저 셰프복이 전혀 어울리지 않았다. 마치 코스프레를 했거나 직업 체험 중인 학생 같아 보였다.

"아~, 다들. 오늘도 일 열심히 하자."

소녀는 느긋한 목소리로 그렇게 말하더니, 손을 가볍게 흔들었다.

거기에 답하듯, 키누에는 고개를 끄덕였다.

"네. —아, 오너. 이쪽은 일전에 면접을 봤던 토키사키 양이에요. 오늘부터 홀에서 일하게 됐어요."

"오너……?"

쿠루미는 그 말을 듣고 미간을 살짝 찌푸렸다.

그럴 만도 했다. 지금 눈앞에 있는 소녀는 오너라고 불리기에는 젊은 듯한 느낌이 들었다.

"……."

하지만, 곧 생각을 바꿨다.

생각해보니 앞뒤가 맞았다. 만약 요리사가 아티팩트의 힘을 빌려서 『젊어지는 요리』를 완성시켰다면, 가장 먼저 그것을 맛볼 이는 손님이 아니라 요리사일 것이다.

"실례했습니다. 토키사키 쿠루미라고 해요. 잘 부탁드립니다."

"응. 오너 셰프인 미쿠리야 하토코야~. 잘 부탁~. 기본적으로 주방에 틀어박혀 있으니까, 홀 업무는 키누한테 물어봐."

그렇게 말하면서 왕년의 아이돌처럼 피스 사인을 날렸다. 겉모습은 젊지만, 행동거지에서는 나이가 느껴졌다.

"그럼 곧 손님이 올 테니까, 평소처럼 잘 부탁해."

"네. 맡겨주세요."

키누에가 차렷 자세로 그렇게 답하자, 하토코는 느긋한 발걸음으로 사라졌다.

그 뒷모습이 시야에서 사라지자, 쿠루미는 숨을 내쉬었다.

"방금 그분이 오너 셰프……신가요? 좀, 독특한 분이시군요."

"아하하, 그렇지? 확실히 좀 괴짜이긴 해. 기본적으로 주방에서 안 나오니까, 우리도 하루에 두세 번 볼까 말까라니깐. 모든 능력을 요리에 쏟아붓는 천재라고나 할까?"

"꽤 젊어 보이시는데……."

"아~, 맞아. 나도 처음 봤을 때는 깜짝 놀랐어. 그래도 오너 셰프니까, 미성년자이진 않을 거야."

하지만, 하고 키누에는 말을 이었다.

"너도 알지? 이 가게의 캐치프레이즈 말이야."

"—『젊어지는 요리』."

쿠루미가 그렇게 말하자, 키누에는 고개를 끄덕였다.

"뭐, 효과가 어느 정도인지는 몰라도 오너가 저렇게 젊으니 설득력이 있다니깐. 실제로 온 세상의 상류층 여성이 몰래 찾아올 정도로 인기가 있는 것 같거든."

"……그렇군요."

쿠루미는 이해했다는 듯이 턱을 쓰다듬으며 말을 이었다.

"우스이 씨는 오너의 요리를 맛본 적이 있으신가요?"

쿠루미가 눈을 가늘게 뜨며 묻자, 키누에는 과장되게 어깨를 으쓱했다.

"그게 말이지? 없어. 이 가게는 급료가 좋지만, 직원 식사

같은 건 제공해주지 않거든. 하긴, 코스의 가격을 생각하면 어쩔 수 없을 거야. —아, 토키사키 양. 혹시 기대했어?"

"네……. 실은 그렇답니다. 어쩌면 소문의 그 요리를 맛볼 수 있을지도 모른다고 생각했어요."

쿠루미는 잠시 망설인 후, 솔직하게 대답했다.

키누에가 아티팩트에 대해 알고 있으며, 자신의 목적을 캐려 한다, 란 가능성이 머릿속을 스쳤지만 이 상황에서 시치미를 떼면 오히려 수상해 보이리란 느낌이 들었다.

"아하하, 역시 그렇구나? 아쉽겠네. 뭐, 여기서 돈 많이 벌어서 언젠가 손님으로 올 수 있도록 힘내."

키누에는 쾌활하게 웃으면서 쿠루미의 등을 두드려준 후, 스태프들 쪽으로 돌아섰다.

"자, 그럼 다들 오픈 준비에 착수해줘."

""""네!""""

스태프들은 한목소리로 대답한 후, 오픈 준비를 시작했다.

그 모습을 확인한 키누에는 다시 쿠루미를 돌아보았다.

"토키사키 양도 아까 가르쳐 준 대로 해줘. 모르는 게 있으면 얼마든지 물어봐도 돼."

"네—."

쿠루미는 시선과 귀로 주위를 살피면서, 말을 이었다.

"그럼 우선 가르쳐줬으면 하는 게 있답니다."

"응? 뭐야?"

"화장실은 어디에 있나요?"

쿠루미가 농담 투로 그렇게 말하자, 키누에는 쓴웃음을 머금으며 어깨를 으쓱했다.

"저쪽 복도 끝에서 오른편에 있어. 곧 오픈이니까 늦지 마."

"네. 금방 다녀올게요."

키누에가 손을 흔들었다. 쿠루미는 살짝 고개를 숙인 후, 방을 나섰다.

하지만, 진짜로 화장실에 가려는 건 아니다. 주위에 사람이 없는지 확인하며 복도를 나아간 후, 하토코가 사라진 레스토랑 최심부— 주방에 도달했다.

"여기군요……."

쿠루미는 기척을 숨긴 채 주방을 들여다봤다.

"……."

깔끔하게 손질된 넓은 주방에서, 하토코가 바쁘게 재료 준비를 하고 있었다.

물 흐르는 듯한 움직임. 한 치의 낭비도 없는 손놀림. 그녀의 앳된 용모에 어울리지 않는, 숙련된 기술이다.

이 규모의 가게에는 보통 여러 명의 조리사가 있지만, 주방 안에는 하토코뿐이었다. 아무래도 그녀 혼자 모든 요리를 만드는 것 같았다.

그것은, 요리에 대한 범상치 않은 집착 탓일까.

아니면— **타인에게 보여줄 수 없는 것**이 있어서일까.

쿠루미는 눈을 가늘게 뜨더니, 주의 깊게 주방 안을 관찰했다.

언뜻 보면 딱히 수상한 구석은 없다. 하지만 쿠루미는 마도약『넥타르』의 구체적인 형태를 알지 못한다. 특이한 용기에 담겨 있거나 빛을 뿜는 액체라면 몰라도, 평범한 모습을 하고 있다면 겉모습만으로 분간하는 건 거의 불가능하다.

역시 아티팩트가 진짜로 존재하는지 확인하기 위해선, 어떻게 해서든 그녀의 요리를 먹어볼 기회를 만들어야—.

바로 그때였다.

"—이런 데서 뭐 하는 거야~?"

"……!"

느닷없이 그런 목소리가 들려온 순간, 쿠루미는 무심코 숨을 삼켰다.

고개를 돌려보니, 식칼을 손에 쥔 하토코가 어느새 눈앞에 있었다. 아무래도 쿠루미가 주방 안을 관찰하는 사이에 들킨 것 같았다.

식칼을 쥐고 있는 것은 단순히 조리 중이라서겠지만, 쿠루미는 찔리는 구석이 있는 탓에 위압감을 느끼고 말았다.

하지만, 이 상황에서 동요했다는 사실을 드러내는 건 좋지 않다. 쿠루미는 마음을 어찌어찌 진정시킨 후, 미소를 머금으며 자세를 고쳤다.

"아, 죄송해요. 화장실을 가려다 길을 헤맸답니다."

"……."

쿠루미가 그렇게 말하자, 하토코는 눈을 살짝 가늘게 떴다. 손에 쥔 식칼이 요사한 빛을 뿜었다.

하지만, 곧 하토코는「그렇구나~」하며 한숨을 내쉬었다.

"화장실은 저쪽이야. 이제 헤매지 마~."

"네, 감사해요……."

쿠루미는 고개를 꾸벅 숙인 후, 하토코의 시선을 등 너머로 느끼면서 복도를 걸었다.

—경계 대상이 된 걸지도 모른다. 단서를 좀 더 손에 넣고 싶지만, 한동안은 얌전히 일하는 편이 나을 것 같다.

그런 생각을 하면서 변명거리 삼아 화장실에 들른 후, 스태프들이 있는 곳으로 돌아갔다.

"죄송해요, 좀 늦었어요."

"아, 이제 왔구나. 자, 토키사키 양. 손님이 곧 오실 거야. 마중할 거니까 줄 서."

키누에가 재촉하듯 그렇게 말했다.「네」하고 답하면서 고개를 끄덕인 쿠루미는 가면을 쓴 후, 스태프들과 한 줄로 서서 등을 꼿꼿이 폈다.

그러자 잠시 후, 레스토랑의 입구가 열리면서 오늘 밤의 손님들이 들어왔다.

다들 눈부신 드레스를 입었으며, 얼굴 위쪽 절반을 화려한 가면으로 감췄다. 마치 이제부터 가면무도회라도 열릴 듯한 분위기였다.

쿠루미는 그 기묘한 풍모에 한순간 놀랐지만, 곧 이해했다.

이것도 이 레스토랑이 내걸고 있는 『비일상적인 느낌의 연출』 중 하나이자— 서로의 정체를 숨기기 위한 방책인 것이다.

""""어서 오십시오—.""""

홀 스태프들이 공손히 고개를 숙이며, 손님들을 홀에 맞이했다. 쿠루미 또한 다른 이들과 마찬가지로 인사했다.

하지만—.

"아앗, 멋진 가게군요! 요리가 벌써부터 기대돼요~!"

"……."

한 손님의 목소리를 들은 순간, 볼에 경련이 일어난 쿠루미는 고개를 들었다.

이유는 단순했다. 그 손님의 목소리가 매우 귀에 익어서다.

아니, 목소리만이 아니다. 저 화려한 드레스의 무늬도 눈에 익고, 키도 눈에 익다. 얼굴은 가면으로 가렸지만, 머리카락은 세로 롤 스타일로 멋지게 말려 있었다.

"마츠리카 양……?"

쿠루미가 작은 목소리로 그렇게 말하자, 가면을 쓴 손님— 마츠리카는 쿠루미를 발견하고 「어머나!」 하고 환한 목소리로 말하더니, 악의 없는 미소를 머금었다.

"쿠루미 양! 참 잘 어울리세요!"

"대체 왜 여기 있는 거죠……? 이 가게는 회원제 아니었나요?"

"네. 그래서 어찌어찌 회원분을 찾아낸 후, 회원권을 양도받았답니다! 아, 물론 두 명을 예약해뒀죠."

"저는 그런 말을 전혀 듣지 못했는데 말이에요……."

"그건—."

"그건?"

"놀래줄까 해서 일부러 말 안 했답니다♡"

"……."

쿠루미는 반쯤 무의식적으로 마츠리카의 머리를 으스러지게 움켜쥐었다.

"아얏, 아파요! 아프답니다!"

"잠깐……! 토, 토키사키 양! 뭐 하는 거야?!"

키누에가 입에 거품을 물면서 쿠루미 쪽으로 뛰어왔다.

하지만 쿠루미는 태연한 태도를 취하며, 빙긋 미소 지었다.

"아, 죄송해요. 손님의 머리에 모기가 앉아 있지 뭐예요."

"아무리 그래도 아이언 클로로 모기를 해치우는 게 말이 돼?!"

키누에는 허둥지둥 쿠루미의 손을 마츠리카의 머리에서 떼어내더니, 창백해진 표정으로 고개를 숙였다.

"죄, 죄송합니다, 손님. 다치신 데는 없으신가요?"

"아, 네. 마침 관자놀이가 결리던 참이었답니다……."

마츠리카는 머리를 감싸 쥐며 쓴웃음을 머금었다. 화내지도, 겁먹지도 않은 그 반응을 본 키누에는 「아, 네……」 하며 당혹스러운 표정을 지었다.

"아, 아무튼 토키사키 양. 안쪽으로 들어가 있어. 지시는 나중에 내릴 테니까—."

"우스이 씨."

"어, 왜?"

"오랫동안 신세 많이 졌습니다. 저, 지금 바로 관둘까 해요."

"뭐……?!"

키누에는 눈을 치켜뜨면서 경악에 찬 목소리로 그렇게 말했다.

쿠루미는 그런 키누에를 개의치 않고 마츠리카의 멱살을 잡았다. 얼이 나간 스태프들을 남겨둔 채, 마츠리카를 질질 끌면서 가게 밖으로 나갔다.

◇

그리고, 그로부터 약 20분 후.

"……정말, 자리가 확보됐으면 빨리 알려줬어야 할 것 아니에요."

드레스와 가면을 착용한 쿠루미는 종업원이 아니라 손님으로서, 레스토랑을 다시 찾았다.

고생고생해서 손에 넣은 스태프 자리지만, 애초에 쿠루미가 가게에 잠입한 것은 『젊어지는 요리』의 비밀을 파헤치기 위해서다. 직접 그것을 맛볼 기회를 얻을 수 있다면, 어느 쪽을 우선할지는 생각해볼 것도 없었다.

“정말, 가벼운 장난을 쳤을 뿐이잖아요.”

마츠리카는 볼을 부풀리며 그렇게 말했지만, 주먹을 쥐었다 폈다 하면서 미소 짓는 쿠루미를 보더니 허둥지둥 자세를 고쳤다.

참고로 쿠루미가 지금 입고 있는 드레스와 가면은 가게 밖에 세워져 있던 스카라베 저택의 차 안에 준비되어 있던 것이다. 사람을 가지고 노는 건지, 용의주도한 건지 알 수가 없었다.

“그건 그렇고— 드레스는 그렇다 쳐도 이 가면은 영 익숙해지지 않는군요.”

“그런가요? 참 잘 어울리는데 말이죠.”

“일단 칭찬으로 받아들이겠어요.”

“빈민들의 싸움을 안전한 곳에서 관전하며, 극한 상태의 인간이 망가지는 모습을 안주 삼아 와인을 들이킬 듯한 분위기가 감돌아요.”

“역시 받아들이는 걸 거부하겠어요.”

악독한 부자에 대한 묘사가 참 디테일했다. 그 말을 들은 쿠루미는 진땀을 흘리며 인상을 찡그렸다.

아무튼, 이것으로 준비는 끝났다. 쿠루미는 요리를 기다리면서, 가면을 쓴 채 시선만을 돌리며 주위를 살폈다.

"흠……."

꽤 넓은 홀에는 테이블이 몇 개나 있으며, 전부 손님으로 채워져 있었다. 이들 전원이 1인당 500만 엔 코스를 주문한 거라면, 하룻밤 만에 어마어마한 돈을 벌어들일 수 있을 것이다.

다들 가면으로 얼굴을 가렸지만, 입가와 목덜미 및 손을 통해 대략적인 나이를 가늠할 수 있었다. 4, 50대의 여성이 많은 것 같지만, 그중에는 20대 정도의 손님도 있는 것 같았다.

젊은이가 가벼운 마음으로 이용할 수 있는 가게가 아닌데— 하고 생각하던 쿠루미는 생각을 바꿨다.

『젊어지는 요리』가 진짜로 존재한다면, 겉모습이 젊은 여성이야말로 이 가게의 『단골』이 틀림없다.

"……!"

바로 그때, 쿠루미의 눈썹이 흔들렸다. 주위에 있는 손님들이 뭔가를 눈치챈 것처럼 새된 반응을 보인 것이다.

이유는 곧 알 수 있었다. 스태프 몇 명이 왜건을 밀면서 홀에 나타난 것이다.

아무래도, 드디어 『젊어지는 요리』와 대면할 수 있을 것 같았다. 쿠루미는 약간 긴장하면서, 음식이 나오기를 기다렸다.

"오래 기다리셨습니다. —어, 어라?"

쿠루미와 마츠리카의 테이블에 찾아온 스태프가 의아하다는 듯이 고개를 갸웃거렸다. 유심히 보니 그녀는 아까 헤어졌던 홀 책임자, 우스이 키누에였다.

"손님, 실례지만 어딘가에서……."

"무슨 말인지 모르겠군요."

쿠루미가 시치미를 떼자, 키누에는 미심쩍은 듯한 모습을 보이면서도 마음을 다잡으려는 듯이 가볍게 헛기침을 했다.

어쩌면 눈치를 챈 걸지도 모르지만, 익명성을 중시해서 가면까지 쓰는 가게에서 손님을 캘 수는 없으리라. 키누에는 아무 일도 없었다는 듯이 말을 이어갔다.

"오래 기다리셨습니다. 우선 에피타이저입니다. —아찔한 신비의 세계를, 부디 즐겨주시길."

그렇게 말한 키누에가, 은제 뚜껑을 열었다.

그 순간, 주위의 테이블에서 차례차례 탄성이 흘러나왔다.

"—오마르 새우와 아스파라거스 포셰입니다. 파프리카 소스를 곁들여서 드셔주십시오."

"어머나……!"

요리의 설명을 듣자, 마츠리카의 눈이 찬란히 빛났다.

아름다운 요리였다. 오마르 새우의 적색과 아스파라거스의 녹색이 새하얀 접시 위에서 멋진 조화를 자아내고 있었다. 언뜻 보기만 해도, 최고의 식재료를 아낌없이 써서 만들었다는 것을 알 수 있었다. 셰프의 솜씨도 뛰어난 것 같았다.

"흐음…… 보아하니 평범한 요리 같군요."

"평범하다고요? 참 맛있어 보이지 않나요?"

"아니, 그런 의미가 아니라……."

쿠루미가 눈을 흘겨 뜨며 그렇게 말했지만, 마츠리카는 의아하다는 듯이 고개를 갸웃거렸다.

"뭐, 좋아요. 이렇게 보고 있어봤자 소용없겠죠. 그럼 맛을 보도록 할까요."

쿠루미는 그렇게 말하면서 포크와 나이프를 손에 쥐었다.

"네, 그러죠!"

마츠리카 또한 힘찬 목소리로 답하더니, 테이블 위에 놓인 포크와 나이프를 손에 쥐었다.

그리고 익숙한 손놀림으로 새우를 한입 크기로 자르더니, 천천히 입으로 가져갔다.

그리고…….

"……!"

그것을 입에 넣은 순간, 마츠리카는 무심코 눈을 치켜떴다.

황홀한 맛이, 혀에 퍼져 나갔다. 완벽하게 조리된 새우가 입안에서 춤추더니, 뇌를 행복으로 물들였다.

하지만, 그것만이 아니었다.

"아…… 아아……!"

요리를 씹은 순간, 마츠리카는 몸 깊은 곳에서 힘이 샘솟는 느낌을 받았다.

몸 안에서 불길이 피어오르는 느낌이었다. 심장이 빠르게 뛰면서, 온몸이 열기에 휩싸였다. 마츠리카는 비슷한 요리를 맛본 적이 있지만, 레벨 혹은 차원이 달랐다. 갈망. 메마른 몸이 물을 갈구하듯, 손이 무의식적으로 다음 한 입을 입으로 옮기려 했다.

"흐응……! 버, 범상치 않은 요리군요! 너무 맛있어요……! 저희 가문에서 고용한 셰프도 이 정도 수준은……!"

마츠리카는 황홀한 표정을 지으면서, 접시 위에 놓인 요리를 입으로 가져갔다. 아스파라거스와 함께 파프리카 소스에 찍어서 먹어보니, 정말 끝내줬다. 짜릿한 쾌감이 뇌수를 가득 채웠다.

"저기, 쿠루미 양! 정말 대단하죠?!"

이 감동을 공유하고 싶었기에, 마츠리카는 입안의 음식을 씹는 와중에 쿠루미에게 말을 건넸다.

하지만…….

"구역질 나는 맛이군요."

마츠리카의 감상과 다르게, 한껏 인상을 찡그린 쿠루미는 내뱉는 듯한 어조로 그렇게 말했다.

"네?"

마츠리카가 눈을 동그랗게 뜨자, 쿠루미는 천천히 접시를 들어 올리더니—.

그대로, 바닥에 집어 던졌다.

"꺄앗……?!"

날카로운 소리를 내면서, 접시 파편이 사방으로 튀었다. 그 갑작스러운 일에, 마츠리카는 경악을 금치 못했다.

물론, 마츠리카만이 아니다. 홀에 있던 손님과 스태프 전원이, 얼이 나간 표정으로 쿠루미를 쳐다보고 있었다.

그리고 정적이 감도는 홀 안에서, 쿠루미는 모든 이들의 주목을 받으며 큰 목소리로 외쳤다.

"이게 대체 뭐죠?! 이 가게는 손님에게 이런 것을 내놓는 건가요?!"

쿠루미의 목소리가, 홀의 벽과 천장에 부딪히며 메아리쳤다.

그것에 놀란 건지, 얼이 나가 있던 손님들 또한 쿠루미와 자신들의 앞에 놓인 접시를 번갈아 쳐다보며 술렁거렸다.

"쿠, 쿠루미 양……? 대체 뭐 하는……."

마츠리카가 당황한 표정으로 말을 걸었지만, 쿠루미는

들은 척도 하지 않고 계속 큰 목소리로 외쳤다.

"도저히 사람이 먹을 게 못 되는군요! 비싼 돈을 받아놓고 어찌 이런 짓을…… 이건 굴욕 이외의 그 무엇도 아니에요!"

"소, 손님……!"

바로 그때, 입에 거품을 문 스태프가 뛰어왔다.

"무슨 일이시죠. 혹시 요리에 문제라도……."

"요리? 이걸 요리라고 했나요? 여기서는 이런 걸 요리라고 부르나요?! 믿기지 않는군요……! 셰프를 불러오세요!"

"부, 부디 진정해주십시오. 다른 손님도 계시니……."

쿠루미가 목소리를 낮추지 않고 계속 그렇게 외치고 있을 때였다.

"손님—? 하토코의 요리에 불만이라도 있나요?"

홀 안쪽에서, 그런 목소리가 들려왔다.

고개를 돌려보니, 주방으로 이어지는 문 앞에 셰프복을 입은 소녀가 서 있었다. —『Nid de Pigeon』 오너 셰프, 미쿠리야 하토코다.

목소리는 차분하지만, 표정은 약간 굳어 있었다. 아무래도 자신의 요리를 헐뜯겨서 화가 머리끝까지 치민 것 같았다.

하지만 무리도 아니었다. 방금 맛본 요리의 완성도로 볼 때, 그녀가 요리에 범상치 않은 정열을 가지고 있다는 걸 쉬이 알 수 있었다. 그런데 자기 요리가 대놓고 모욕을 당했으니, 화내는 게 당연했다.

하토코가 등장하자, 손님들은 더 심하게 술렁거렸다. 아무래도 그녀의 모습을 처음 본 손님도 적지 않은 것 같았다. 동요 속에 감탄이 섞이기 시작했다.

"……."

하토코는 소동이 커지는 게 싫다는 듯이 미간을 찌푸리더니, 스태프를 향해 턱짓을 했다.

"키누―. 이 손님을 2층으로 안내해. 하토코가 직접 이야기를 나눠보겠어."

"네? 괘, 괜찮겠습니까……?"

"괜찮아. 쫓아내는 건 간단하지만, 밖에서 소란을 피워도 곤란하거든. 뒷일은 하토코한테 맡겨."

그렇게 말하며 세월이 느껴지는 피스 사인을 취한 하토코는 문 너머로 사라졌다.

스태프는 한동안 허둥댔지만, 이윽고 「이, 이쪽으로 오시죠……」 하며 쿠루미를 안내하기 시작했다.

"흥. 셰프가 뭐라고 변명하는지 어디 들어보도록 할까요. ―가죠, 마츠리카 양."

화난 표정으로 그렇게 말한 쿠루미는 스태프의 뒤를 따르며 홀을 가로질렀다.

마츠리카는 뒤늦게 「아, 네!」 하며 쿠루미의 뒤를 따랐다.

"저기~ 쿠루미 양, 갑자기 왜 이러는 거예요……?"

2층으로 올라가는 와중에, 뒤편에서 마츠리카의 작은 목소리가 들려왔다.

"……."

하지만 쿠루미는 침묵을 관철하며 걸음을 옮기더니, 2층 안쪽에 있는 방의 문 앞에 도착했다.

"오너, 손님을 모셔왔습니다……."

『그래. 들여보내. 그리고 키누는 일하러 가봐.』

머뭇거리며 노크를 한 키누에가 그렇게 말하자, 문 너머에서 하토코의 목소리가 들려왔다. 아무래도 먼저 방에 와 있었던 것 같았다.

"그, 그럼 들어가보시죠……."

"네, 감사해요."

쿠루미는 키누에의 말에 따라, 당당히 방 안으로 들어갔다. 그런 그녀의 등 뒤에 숨듯이, 마츠리카도 안으로 들어갔다.

아무래도 그곳은 하토코 전용의 사무실 겸 응접실인 것 같았다. 방 안쪽에는 서류가 쌓인 책상이 있었고, 벽에 설치된 유리 케이스에는 수많은 트로피와 상장이 들어 있었다.

그리고 그 앞에는, 하토코가 언짢은 기색을 숨기지 않으며 팔짱을 낀 채 서 있었다.

"—그런데? 목적이 뭐야?"

하토코는 짜증 섞인 어조로 그렇게 말하더니, 셰프 모자를 벗어서 책상 위로 던졌다.

"목적, 이라뇨?"

"아, 그런 건 됐어~. 너희 같은 패거리를 상대하는 건 이번이 처음도 아니거든. 회원 심사에 그렇게 신경을 쓰는데도, 진짜 끊임없이 튀어나온다니깐."

하토코는 날카로운 시선을 머금으며 말을 이었다.

"역시 돈 때문이야? 아니면 다른 가게에 고용되어서 장사를 방해하러 왔어?"

"아뇨. 양쪽 다 아니랍니다."

"흐음? 그럼 뭔데? 설마 진짜로 하토코의 요리가 맛없어서 그 난리를 피운 거야?"

"어머나. 저는『맛없다』고는 한마디도 하지 않았어요."

"……아앙?"

쿠루미가 그렇게 말하자, 하토코는 영문을 모르겠다는 듯이 미간을 찌푸렸다. 마츠리카 또한, 어리둥절하다는 듯이 눈을 동그랗게 떴다.

"연구와 정열이 느껴지는, 실로 멋진 요리였어요. 나무랄 데가 없을 정도였죠."

"……영문을 모르겠네. 그럼 왜 그런 소란을 피운 건데? 설마 제자가 되고 싶은 거야? 아니면 하토코의 사인이라도 받—."

"—예를 들자면, 독으로 범벅이 된 꿀. 혹은, 함정 위에 놓인 치즈라고나 할까요."

"……."

쿠루미가 상대방의 말을 끊으면서 그렇게 말하자, 하토코의 표정이 흔들렸다.

그 반응을 보고, 확신했다.

쿠루미는 얼굴을 가리고 있던 가면을 벗더니, 손가락으로 하토코를 가리켰다.

"—추리의 시간이 아로새겨졌답니다. 미쿠리야 하토코 씨, 당신이 지닌 아티팩트를 넘겨주세요."

"뭐……!"

하토코는 눈을 치켜뜨더니, 경악에 찬 표정을 지었다.

그것은 손님의 정체가 쿠루미라는 사실에 놀란 것처럼도—그녀가 아티팩트에 대해 알고 있다는 사실에 당황한 것처럼도 보였다.

하지만, 그 한순간의 빈틈이 승부를 갈랐다.

"하앗—!"

쿠루미는 드레스 자락을 펄럭이며 지면을 박차더니, 순식간에 하토코에게 다가가서 그녀의 팔을 꺾으며 바닥에 쓰러뜨렸다.

"꺄앗……?! 뭐, 뭐 하는 거야……?!"

"—마츠리카 양! 아티팩트를 찾아보세요! 조리에 쓰이는 만큼, 그렇게 먼 곳에 숨겨두지는 않았을 거랍니다!"

"어……?! 아—."

쿠루미가 그렇게 외치자, 마츠리카는 퍼뜩 놀라며 어깨를 부르르 떨었다.

"서, 설마 쿠루미 양, 그 요리를 먹고 뭔가를 눈치챈 건가요?!"

아무래도 이제야 그 점을 이해한 것 같았다. 쿠루미는 진땀을 흘리며 인상을 찡그렸다.

"……당연하잖아요. 설마 진짜로 요리 맛 때문에 화가 나서 클레임을 걸었다고 생각한 건가요?"

"네? 그게, 아하하……."

마츠리카가 시선을 허둥지둥 돌리면서 메마른 웃음을 흘리자, 쿠루미는 땅이 꺼지도록 한숨을 내쉬었다.

"……됐으니까, 아티팩트를 찾아봐주세요. 어쩌면 옷 안에 숨겨놨을지도 모른답니다."

"아, 네!"

"큭……!!"

마츠리카가 뛰어와서 몸을 숙이더니, 하토코의 셰프복 호주머니를 뒤지기 시작했다. 그러자 하토코는 저항하듯 몸을 비틀었다.

"당신의 돈벌이도 오늘로 끝이에요! 괜한 저항은 관두고, 빨리 『넥타르』를 돌려주세요!"

마츠리카가 힘찬 목소리로 그렇게 말했다.

하지만 쿠루미는 그 말을 듣더니, 천천히 고개를 저었다.

"아뇨—. 그게 아니랍니다, 마츠리카 양."

"아니……라고요?"

마츠리카가 영문을 모르겠다는 투로 물었다. 그러자 쿠루미는 하토코의 팔을 잡은 채 말을 이었다.

"그녀가 가지고 있는 아티팩트는 『넥타르』가 아니에요. 아마 다른 것이겠죠."

"다른 것……? 자, 잠깐만요. 쿠루미 양도 느꼈지 않나요? 몸 안에서 힘이 샘솟는 듯한 감각 말이에요. 『넥타르』가 아니라면 대체—."

"예를 들자면, 『뱀피르』—."

"네……?"

쿠루미가 눈을 가늘게 뜨며 그렇게 말하자, 마츠리카는 뜻밖이라는 듯한 목소리를 냈다.

"분명 그런 이름의 아티팩트가 목록에 있었던 것으로 기억한답니다. 타인의 정기를 빨아들이는, 위험한 물건이죠. —꼭 그게 아니더라도, 아마 그녀는 비슷한 효과를 지닌 아티팩트를 사용한 게 아니려나요."

"그, 그게 무슨 소리죠? 정기를 빨아들인다고요……?"

마츠리카가 당혹스럽다는 듯이 미간을 찌푸리자, 쿠루미는 「네」 하고 말을 이었다.

"그것은 『젊어지는 요리』가 아니랍니다. 먹은 자의 정기를 빨아들이는 마성의 미끼죠. 그런 것을 계속 먹다간, 머지않아 죽음에 이를 거예요."

"자, 잠깐만 기다려 보세요! 영문을 모르겠군요! 저는 그 요리를 먹고 거꾸로 힘이 났거든요?! 방송에 나온 여배우분도 젊음을 되찾았고요……!"

"아마 몸 깊은 곳에서 정기를 빨아들일 때의 부작용 같은 것이겠죠. 생명력이 겉으로 드러난 결과, 표면적으로 젊음을 되찾은 거라고 생각되는군요. —하지만 그것은 자신의 몸에 비축된 생명력을 비정상적으로 불태우는 거랍니다. 말하자면 건전지를 병렬에서 직렬로 연결 방식을 바꾼 거죠. 수명을 가불하는 것에 지나지 않아요. 진정한 의미에서 젊어진 건 하토코 씨, 당신뿐 아닌가요?"

"……."

하토코는 쿠루미가 한 말을 부정하지도, 긍정하지도 않았다.

쿠루미는 조용히 말을 이었다.

"아티팩트를 이용한 요리를 맛보여주고 그때마다 수수료를 챙기듯이 조금씩, 조금씩 손님의 목숨을 빨아들인다……. 거짓된 젊음을 얻은 손님은 그것이 자기 목숨을 불태운 것이란 사실을 눈치채지 못한 채, 또 거금을 들여서 접시 위로 되돌아온다—. 그렇게 되도록 의도한 건지, 우연히 그렇게 된 건지는 모르겠지만, 정말 악랄한 시스템이군요. —아아, 아아. 눈치채고 보니 아무것도 아니네요. 『젊어지는 요리』란, 그 코스 요리가 아니라 홀에 있던 저희를 말하는 것이었어요."

쿠루미가 그렇게 결론을 내리자…….

"하아—."

하토코는 가늘게 숨을 내쉬었다.

"……꽤 박식하네. 대체 정체가 뭐야~?"

그리고 제압을 당한 상태에서 그렇게 말했다. 더 시치미를 떼봤자 소용없다고 판단한 것이리라.

"딱히 정체라고 할 건 없답니다. 지금은 평범한 대학생—."

"이분이 바로 아티팩트 크라임 전문 명탐정, 토키사키 쿠루미랍니다~!"

"마츠리카 양. 입 좀 다물어주시겠어요?"

마츠리카가 갑자기 그렇게 외치자, 쿠루미는 질렸다는 투로 그렇게 말했다.

그 모습을 본 하토코는 허탈한 웃음을 흘렸다.

"그래~ 아티팩트 크라임 전문이구나~. 뭐, 이런 게 실제로 존재하잖아. 그런 사람이 있더라도 이상할 게 없긴 해."

하지만, 하고 하토코는 말을 이었다.

"네가 한 말이 전부 사실이라고 쳐~. 그럼 이 하토코한테 대체 어떤 죄를 물을 수 있으려나~? 게다가 꽤 악랄한 짓이라는 식으로 말하던데, 모든 사실을 다 밝히더라도 이 가게를 찾는 손님은 잔뜩 있을걸? 자기 수명이 줄어들지라도, 남은 시간을 젊은 몸으로 지낼 수 있는 거잖아. 『젊음』이라는 건 그만큼 매력적이야. 아니면 뭐야? 정의의 사도로서, 설령 손님이 그것을 원할지라도 허락할 수 없다는 느낌이야~?"

"착각하지 마세요……."

"어라?"

"저는 정의의 사도를 자처할 생각은 없답니다. 당신과 이해관계가 일치하지 않을 뿐인 악역이죠."

쿠루미가 그렇게 말하자, 하토코는 작게 웃음을 흘렸다.

"와하하, 그~렇구나. 그거 실례했네. 하지만, 그렇더라도~."

바로 그때였다.

"윽……?!"

손에서 날카로운 통증을 느껴지자, 쿠루미는 인상을 찡그렸다.

그와 동시에 몸의 힘이 빠져나간 듯한 느낌이 들더니, 하토코를 잡은 쿠루미의 손에서 힘이 빠져나갔다.

"하하! 상대가 아티팩트를 가지고 있다는 걸 알면서, 겨우 이 정도로 제압을 했다고 여기는 건 너무 물러터진 짓 아니려나……?!"

아무래도 셰프복 안에 숨겨뒀던 식칼로 쿠루미의 손을 찌른 것 같았다.

상처 자체는 그렇게 깊지 않았다. 하지만 명백하게 비정상적인 사태였다. 손발에 힘이 들어가지 않으면서, 그 자리에서 무너지듯 주저앉을 뻔했다.

그 틈에 쿠루미의 손에서 벗어난 하토코는 품속에서 식칼을 꺼내들더니, 쿠루미를 향해 치켜들었다.

"——!"

갑작스러운 사태 속에서도, 쿠루미의 동체 시력은 하토코가 손에 쥔 날붙이의 모습을 정확하게 포착했다. —식칼. 그렇다. 쿠루미가 주방을 들여다봤을 때, 그녀가 들고 있던 그 식칼이다. 아무래도 저것이 바로 아티팩트인 것 같았다.

"『뱀피르』! 오늘은 봐줄 필요 없어! 송두리째 빨아들여……!"

하토코의 말에 답하듯, 식칼의 칼날이 요사한 빛을 뿜었다.

"크……!"

쿠루미는 인상을 찡그렸다. 눈에는 보이지만, 몸이 반응하지 못했다.

예전의 쿠루미라면 아무 문제 없었겠지만, 지금의 쿠루미는 그 시절의 자신이 너무나도 멀게 느껴졌다. 그런 생각을 하고 있을 때, 목숨을 빨아들이는 송곳니가 그녀의 옆구리에 꽂히려 했다.

"쿠루미 양!"

하지만 다음 순간, 쿠루미는 충격을 받으며 오른편으로 밀쳐졌다.

순식간에 이해했다. 마츠리카가 쿠루미를 감싼 것이다.

"마츠리카 양……?!"

하지만 기뻐할 겨를은 없었다. 하토코는 움직임을 멈추지 않았다. 그리고 방금까지 쿠루미가 있던 장소에는, 그녀를 대신해 마츠리카가 있었다.

이제는 피할 시간이 없었다. 마츠리카의 복부에서 새빨간 피가—.

"이얍!"

—뿜어져 나오지 않았다.

"어."

눈앞에서 벌어진 일을 이해하지 못한 쿠루미는 눈을 치켜떴다.

하지만 그것도 무리는 아니었다. 마츠리카가 몸을 비트는가 싶더니, 멋진 몸놀림으로 하토코의 팔을 손날로 때렸고, 식칼이 바닥에 떨어진 후, 격투 게임의 콤보를 날리듯이 연속 공격을 퍼부은 것이다.

"핫! 핫! 핫! 하아아아아아앗—!!"

"크억……?!!"

풀콤보를 맞고 만 하토코는 고통스러운 신음을 흘리면서

바닥에 쓰러지더니, 그 후로 꼼짝도 하지 않았다.

그 모습을 본 마츠리카는 전투태세를 풀면서 호흡을 가다듬었다.

공중에는 『KO!』라는 문자가 떠올랐다. 아니, 떠오른 것만 같았다.

“쿠루미 양, 괜찮으신가요—?!”

“아, 네……. 덕분에요.”

마츠리카가 걱정스러운 표정으로 자신을 돌아보자, 쿠루미는 진땀을 흘리면서 그 말에 답했다.

“저기…… 마츠리카 양은 이렇게 강했군요. 혹시 격투기라도 익혔나요?”

“숙녀의 소양이랍니다! 공수도와 카포에라와 스카라베 흉명류(凶冥流) 암살술을 접했죠!”

“그, 그랬군요…….”

마츠리카가 활기찬 미소를 지으며 그렇게 말하자, 쿠루미는 쓴웃음을 머금으며 대꾸했다.

◇

—그렇게, 이번 사건은 해결됐다.

하토코의 말처럼, 아티팩트의 사용 자체에 죄를 물을 수는 없다. 현대 과학으로는 『정기를 빨아들이는 요리』가 존재한다는 것을 증명할 수 없으니 당연했다.

하지만 쿠루미와 마츠리카의 목적은 범인에게 사회적 제재를 가하는 게 아니라, 어디까지나 아티팩트의 회수다. 『뱀피르』를 잃었으니, 이제 그녀는 『젊어지는 요리』를 만들 수 없을 것이다.

"하지만—."

사건이 해결되고 며칠 후, 토키사키 탐정사에서 아티팩트 목록을 넘겨보던 쿠루미는 한숨을 내쉬었다.

"이번 범인도, 마츠리카 양의 저택에서 아티팩트를 훔친 장본인은 아닌 것 같군요—."

"네…… 그래요."

그렇다. 사건이 해결된 후에 하토코가 아티팩트를 어떻게 입수했는지 조사해보니, 그녀도 지난번 사건의 범인과 같은 케이스인 것 같았다. 이미 사망한 부모 앞으로 보내진 짐 안에, 불가사의한 식칼이 섞여 있었다고 한다.

스카라베 저택 습격 사건의 범인이 아티팩트를 나눠주고 있는 것일까. —그렇다면, 대체 이유는 무엇일까. 쿠루미는 낮은 신음을 흘리며 턱을 매만졌다.

하지만, 아직은 유추를 할 재료가 너무 적었다. 쿠루미는 한 번 더 한숨을 내쉬더니, 화제를 바꾸려는 것처럼 마츠리카에게 시선을 보냈다.

"—결국 그 후에 가게는 어떻게 됐죠?"

쿠루미가 묻자, 마츠리카는 힘차게 고개를 끄덕이며 대답했다.

"지금은 휴업 중인 것 같아요. ―뭐, 스태프와 손님 중에 불만을 표시하는 사람은 없는 것 같지만 말이에요."

"그런가요?"

쿠루미는 뜻밖이라는 듯이 눈을 동그랗게 떴다.

정기를 빼앗겼다는 사실을 모르는 손님으로서는 기적의 요리를 제공하는 가게가 휴업하게 된 것이 매우 유감스러운 일일 것이며, 스태프는 단순히 일자리를 잃고 말았다. 그 원인을 만든 쿠루미에게 원한을 품어도 이상할 게 없다고 생각했던 것이다.

"네. 아티팩트에 대해서는 모르지만, 그래도 뭔가 비합법적인 일을 하는 게 아닐까…… 하고 의심하고 있었던 것 같답니다."

"아…… 그랬군요."

쿠루미는 납득했다는 듯이 고개를 끄덕였다.

한 끼에 500만 엔이나 하는 코스를 제공하는 레스토랑이 그렇게 성황이었던 것이다. 숨겨진 이유 같은 게 있다고 여기더라도 이상할 게 없다.

"네. 그러니 그 자리에 있던 손님들은, 쿠루미 양을 수사관이라고 생각하고 있을지도 몰라요."

"그런 소리 마세요. 저한테 어울리지 않는답니다."

"그럴까요? 어울린다고 생각하는데 말이죠."

마츠리카는 문뜩 생각난 것처럼 말을 이었다.

"홀에서 요리에 클레임을 걸고, 갑자기 상대방에게 달려들다니…… 아무리 사건을 해결하기 위해서라고는 해도, 솔직히 말해 쿠루미 양답지 않은 행동이라고 생각했답니다. 쿠루미 양처럼 머리가 좋은 분이라면, 더 현명한 방법을 찾을 수 있을 거다 싶었거든요. —하지만, 이제 알겠군요."

"네……? 뭐가 말이죠?"

쿠루미가 그렇게 묻자, 마츠리카는 씨익 미소 지었다.

"사건 해결에 시간이 걸리면 다른 손님들이 요리를 계속 먹을 테니, 그런 행동을 취한 거죠?"

"……."

마츠리카가 그렇게 말하자, 쿠루미는 입을 다물었다.

마츠리카는 그런 쿠루미의 반응을 마치 눈치 못 챈 것처럼, 말을 이었다.

"스스로를 악역이라 부르지 말아주세요. 그때의 쿠루미 양은, 어엿한 정의의 사도였답니다."

"과찬이에요……."

쿠루미가 고개를 휙 돌리자, 마츠리카는 즐거운 듯이 웃었다.

"아, 하지만 아직 모르는 게 하나 있답니다."

"뭐죠……?"

“『뱀피르』예요. 쿠루미 양은 어떻게 그 요리를 겨우 한 입 먹어보고, 거기에 쓰인 아티팩트가 『넥타르』가 아니란 사실을 눈치챈 거죠?”

“아…… 그건— 아마 말해도 이해가 안 될 거랍니다. 매우 감각적인 이야기니까요. 하지만, 저는 그것을 똑똑히 느낄 수 있었어요.”

“잘 모르겠군요……. 즉, 무엇을 느낀 거죠?”

마츠리카는 도통 모르겠다는 표정을 지으며 고개를 갸웃거렸다.

쿠루미는, 자조하는 듯한 투로 대답했다.

“사람의 수명을 먹는 자 특유의 냄새가 났답니다—.”

The artifact crime files
kurumi tokisaki

Case File
IV

제 자리가 어디죠?

쿠루미 시크릿 가든

해 질 녘. 붉은 햇살이 스며드는 방 안.

"아, 아, 아—."

손에 조그마한 나이프를 쥔 토키사키 쿠루미는 고함인지 통곡인지 알 수 없는 목소리를 입으로 흘리면서, 몸을 희미하게 떨었다.

하지만 그 모습은 흉기를 찾고 전율한 것도, 강대한 적에게 이 믿음직하지 못한 무기만 들고 맞서게 된 탓도 아닌 것 같았다.

그도 그럴 것이, 쿠루미는 현재 나이프를 거꾸로 쥐고 있었으며—.

자신의 배에 칼을 찔러넣으려는 듯이, 팔을 치켜들고 있었던 것이다.

"——."

"……!"

주위의 소녀들이, 제지하는 듯한 소리를 냈다.

하지만 쿠루미의 귀에는 그것이 전해지지 않았다. 정확하게는 무슨 말을 외쳤다는 건 알았지만, 그 말의 내용은 이해하지 못했다.

현재 쿠루미의 뇌는, 어떤 생각에 지배당하고 있었다.

"아아아아아아아아아—!!"

쿠루미는 비통한 절규를 토하더니…….

팔에 힘을 주며, 나이프를 자신의 배에 찔러넣었다.

◇

"으…… 음—."

희미한 한숨을 토하며, 소녀는 눈을 떴다.

의식이 흐릿한 상태에서, 천천히 몸을 일으켰다.

"……."

이제 막 일어나서 그런지, 기억이 어렴풋했다. 잠들기 전의 일이 잘 생각나지 않았다.

아니, 그뿐만 아니라 여기가 어디인지도, 자기가 왜 여기 있는 지도, 자신이 대체 누구인지도 생각이 나지 않았다. 소녀는 미간을 찌푸리며 이마를 손으로 짚었다.

바로 그때, 소녀는 왼손 새끼손가락에 낡은 반지가 끼워져 있다는 것을 눈치챘다. 요정의 날개를 연상케 하는 디자인이었다. 왠지 눈에 익은 것 같기도 했고…… 그렇지 않은 것 같기도 했다. 참 기묘한 감각이었다.

뭔가 중요한 사실을 깜빡한 듯한 느낌이 들었다. 소녀는 단서를 찾기 위해 침대에서 내려오더니, 방 안을 둘러보았다.

침대와 학습용 책상, 그리고 조그마한 선반이 놓여 있을 뿐인 간소한 방이었다. 벽에는 교복이 걸려 있으며, 의자 위에는 학생용 가방이 놓여 있었다.

그것을 보자, 기억이 서서히 선명해졌다. 그렇다. 이곳은 기숙사의 방이며, 자신은 이 교복을 입고, 가방을 들고,

매일 아침 등교했다.

—학교 건물에 가면, 뭔가 생각날지도 모른다. 소녀는 겨우 손에 쥔 기억의 실마리를 놓치지 않기 위해, 교복으로 갈아입고 가방을 들었다.

그대로 방을 나선 후, 복도를 나아가서 밖으로 나갔다.

"으음……."

눈부신 아침 햇살 탓에 눈을 가늘게 뜨면서 주위를 둘러보았다. 기숙사 출입구에서 이어진 포장도로 끝에는 커다란 건물과 예배당 같은 거창한 건물이 몇 개나 있었다.

성(聖) 아델리나 여학원. 도쿄도 텐구시에 위치한, 기숙사제 미션 스쿨이다.

자신은 거기에 다니는 학생이다. 학년은 2학년, 반은 C반이다.

거기까지 떠올린 소녀는 천천히 걸음을 옮겼다. 아직 기억이 어렴풋하지만, 몸이 길을 기억하고 있는 느낌이었다.

바로 그때—.

"어? 토키사키 양."

도중에 누군가가 말을 걸어오자, 소녀는 걸음을 멈췄다.

목소리가 들려온 방향을 쳐다보니, 소녀와 같은 교복을 입은 여학생이 친근한 표정으로 손을 흔들고 있었다.

"안녕. 이런 데서 마주치다니, 참 별일이네."

여학생이 그렇게 말하면서 다가왔다. 소녀는 멍하니 아

까 들은 상대방이 자신에게 한 말을 중얼거렸다.

"토키사키—."

"어……? 왜 그래? 얼이 나간 것 같네. 혹시 아직 잠이 덜 깬 거야?"

여학생은 의아하다는 듯이 소녀의 얼굴을 들여다보며 말했다.

"정말, 늦잠을 자면 안 되잖아~. 사건 조사가 중요하다는 건 알지만 말이야~."

"사건 조사……?"

소녀가 묻자, 여학생은 의아한 표정을 지으면서 답했다.

"응. 토키사키 양은 지난달에 일어난 자살 미수 사건을 조사하고 있잖아."

"……."

여학생이 그렇게 말하자, 소녀는 숨을 삼켰다.

그것을 기점으로 하듯, 머릿속에서 노도처럼 정보가 흘러나왔다.

"아, 그래요…… 맞아요. 저는—."

소녀는, 거친 숨을 내쉬면서 눈을 치켜떴다.

"토키사키 쿠루미…… 그게 제 이름이에요……."

"어……? 아, 응."

여학생은 당혹스러워하며 고개를 끄덕였다. 무리도 아니다. 갑자기 자기소개를 시작했으니 말이다.

소녀— 쿠루미는 가볍게 고개를 젓더니, 다시 상대방을 쳐다봤다.

"……죄송해요. 잠이 좀 덜 깼던 것 같군요. 덕분에 생각이 났답니다. 감사해요, 코하루 양."

뇌리에 떠오른 이름을 입에 담자, 여학생— 코하루는 안도한 듯이 한숨을 내쉬었다.

"아, 응. 그럼 다행이야."

코하루는 쓴웃음을 머금으면서 그렇게 말하더니, 손을 흔들어 보였다.

"그럼 나는 친구를 마중하러 가볼게."

"네, 나중에 봐요."

쿠루미가 그렇게 말하자, 코하루는 기숙사 쪽으로 걸어갔다.

"……."

그 뒷모습을 지켜본 후, 등을 꼿꼿이 편 쿠루미는 생각난 정보를 머릿속으로 정리하면서 학교 건물을 향해 걸음을 옮겼다.

—그렇다. 드디어 생각났다. 자신은 토키사키 쿠루미. 이 성 아델리나 여학원에 전학 온 지 얼마 안 된 학생이다.

그 목적은, 이 학교에서 일어난 자살 미수 사건의 조사다.

그렇다. 지금으로부터 약 2주 전, 이 학교에서 어떤 학생이 자살 미수 사건을 벌였다.

고등학생의 자살 미수는 흔한 일이라고는 말 못 하지만, 그렇게 드문 일도 아니다. 하지만 그 사건을 미심쩍게 여긴 쿠루미는 이 학교에 학생으로 잠입해서, 사건에 관한 정보를 모으고 있다.

"미심쩍게…… 그래요. 저는 그게 단순한 자살 미수가 아니라고 확신했어요……. 아니, 그뿐만이 아니라 다른 인물의 의지가 개입했다고 생각했죠……. 하지만, 그 이유가 뭐죠……?"

중요한 부분이 어렴풋해서, 잘 생각이 나지 않았다.

쿠루미는 조바심이 난 것처럼 머리카락을 쥐어뜯더니, 발에 힘을 주며 걸음을 서둘렀다. —2학년 C반 교실. 자신이 소속된 반에, 새로운 기억의 단서가 존재하리라 믿으면서 말이다.

곧, 서쪽에 있는 건물에 도착했다. 이 학교의 건물은 크게 둘로 나뉘어 있으며, 서쪽 건물에는 1, 2학년의 교실이, 그리고 동쪽 건물에는 3학년 교실과 미술실, 음악실 등이 배치되어 있다.

쿠루미는 등교하는 학생들의 파도에 휩쓸리듯 복도를 걷더니, 이윽고 2학년 C반 교실에 도착했다.

"아. 좋은 아침이야~, 토키사키 양."

"네, 좋은 아침이에요."

같은 반 친구에게 인사를 건넨 후, 자리에 앉았다.

"어머……?"

그리고 가방을 책상 옆에 걸려던 순간, 쿠루미는 눈치챘다.

책상 안에는 길쭉한 상자가 들어 있었다. 핑크색 포장지로 싸여 있으며, 귀여운 리본까지 매어져 있었다.

"이건……?"

쿠루미가 의아해하며 미간을 찌푸리자, 방금 말을 걸었던 학생이 의아하다는 듯이 고개를 갸웃거렸다.

"토키사키 양."

"네, 왜 그러시죠?"

"아, 그게, 거기는 하시구치 양의 자리 아냐……?"

"……."

쿠루미는 그 말을 듣고 상자를 책상 안에 다시 넣어놓더니, 볼을 살짝 붉히며 자리에서 일어났다. ……자연스럽게 앉은 그곳은 자신의 자리가 아니었던 것 같았다. 아직 기억이 어렴풋한 것 같았다.

"장난을 좀 쳐봤답니다."

"그, 그렇구나……. 토키사키 양도 그럴 때가 다 있네. 좀 의외야……."

"네. 예전 학교에서는 개그 담당이었죠. 그런데—."

"응?"

"제 자리가 어디죠?"

"……."

클래스메이트는 한순간 움찔하더니, 곧 창가의 자리를 손가락으로 가리켰다. 쿠루미는 고개를 살짝 숙이며 예를 표한 후, 그 자리로 향했다.

그리고 의자에 앉아서 책상에 가방을 걸었을 때, 이번에는 책상 안에 수첩 같은 게 들어 있다는 사실을 눈치챘다.

"수첩……이군요."

쿠루미는 작은 목소리로 그렇게 중얼거리더니, 그것을 꺼내서 펼쳐보았다.

아무래도 그것은 쿠루미가 기억을 잃기 전에 쓴 사건 조사 파일 같았다. 예쁜 글씨체로, 몇 가지 정보가 적혀 있었다.

—성 아델리나 여학원 자살 미수 사건.

피해자의 이름은 마츠타니 안나. 손목에서 피가 나는 상태로, 기숙사의 자기 방에서 발견됨. 다행히 목숨에는 지장이 없지만, 만약의 사태에 대비해 지금도 입원 중.

의식을 되찾은 안나는 손목을 그은 기억이 없다, 정신을 차리고 보니 피가 흘러나오고 있었다, 자신은 자살할 생각이 없었다고 주장함.

또한, 사건이 벌어지기 전에 안나는 자기를 쏙 빼닮은 인간을 봤다고 함.

그리고 그 정보의 끝머리에는 이런 말이 적혀 있었다.

—아티팩트의 관여가 의심됨.

"……!"

그 단어를 본 순간, 쿠루미는 또 날카로운 두통을 느꼈다.
그리고 그와 동시에, 아까와 마찬가지로 머릿속에 기억이 되살아났다.
아티팩트. 먼 옛날에 마술사가 만들었다고 전해져 내려오는, 불가사의한 힘을 지닌 도구들이다.
너무나도 황당무계한 이야기다. 설령 누군가가 이 메모를 보더라도, 판타지 소설의 설정이나 망상으로 여길 게 틀림없다.
하지만 쿠루미는 그 단어를 본 순간, 그것들이 실제로 존재한다고 확신했다.
더 정확하게 말하자면— 기억을 잃기 전, 실제로 그것을 눈으로 본 적이 있다는 사실을 떠올렸다.
그렇다. 아티팩트는 실존한다.
그리고 인지를 초월한 그 힘을 이용해, 욕망에 따라 사람을 해치는 자도 말이다.
쿠루미는 그런 아티팩트를 사용한 범죄를 해명하기 위해, 여기에 왔다.
"……."
거기까지 떠올린 순간, 쿠루미는 인상을 찡그렸다.
쿠루미는 기억 중 일부가 없다. 다양한 계기를 통해 조금씩 자신이 처한 상황을 떠올리고 있지만, 아직 어렴풋한 부분이 많다.

그리고 그런 지금 상황이, 메모 안의 『손목을 그은 기억이 없다』라는 부분과 겹치는 것이다.

"……저는, 아티팩트를 이용한 공격을 받은 건가요……?"

쿠루미는 이마에 손을 대더니, 신음하듯 그런 말을 중얼거렸다.

그렇게 생각하면, 앞뒤가 맞는 부분이 너무나도 많았다. 아무리 잠이 덜 깼다고는 해도, 자신의 이름까지 잊는다는 건 말이 안 된다. 어떤 외적 요인에 의해 그렇게 됐다고 생각하는 편이 자연스러우리라.

코하루의 말에 따르면, 쿠루미는 이 학교에 전학 온 후로 사건에 대해 다른 이들에게 물어보고 다닌 것 같았다. 만약 아티팩트를 사용해서 이 사건을 일으킨 흑막이 교내에 있다면, 사건을 캐고 다니는 쿠루미를 좋지 않게 생각하는 것도 불가사의한 일은 아니다.

"——."

쿠루미는 고개를 들더니, 교실 안을 둘러보았다.

곧 수업이 시작될 것이라 그런지, 교실 안에는 학생들이 꽤 있었다. 다들 친구와 담소를 나누거나 수업 준비를 하면서, 각자의 시간을 보내고 있었다.

평범한 일상의 풍경이다. 하지만 쿠루미는 등골이 서늘해지는 느낌을 받았다.

—어쩌면 이 안에, 마츠타니 안나를 죽이려 하고 쿠루미의

기억을 빼앗은 범인이 있을지도 모른다고 생각한 것이다.

하지만 그런 쿠루미의 의심은 일단 중단됐다.

쿠루미가 숨을 꿀꺽 삼킨 순간, 수업 시작을 알리는 벨이 울린 것이다.

"아, 벌써 시간이 이렇게 됐네."

"나중에 봐~."

학생들은 그런 이야기를 나누며, 자기 자리로 돌아갔다.

서서히 질서를 되찾아가는 교실을 보면서, 쿠루미는 수첩을 덮었다.

만약 이 안에 범인이 있더라도, 쿠루미가 그 점을 의심하고 있다는 사실을 들키는 건 좋지 않다고 판단한 것이다.

어떻게든 아티팩트를 가진 범인을 찾아내야만 한다. 하지만 난이도가 너무 높았다. 그도 그럴 것이 유력한 단서는 물론이고, 기억마저 어렴풋했다. 쿠루미의 사정을 잘 아는 협력자라도 있다면 이야기가 달라질지도 모르지만—.

"여러분, 좋은 아침이랍니다아아아아아아—!"

바로 그때였다.

쿠루미의 생각을 방해하듯, 한도 끝도 없이 밝은 목소리가 들려왔다.

교실 앞문을 통해, 출석부를 들고 있는 여성이 들어왔다.

교사……라기에는 젊어 보였다. 교육실습생일까. 목 아래는 깔끔한 정장을 입고 있지만, 헤어스타일은 화려한 세로 롤이었다. 갭이 어마어마했다. 목 언저리에 국경선이 있는 것 같았다. 규율이 엄격한 정장 나라에서, 자유로운 세로 롤 나라로 망명하는 사람이 왠지 참 많을 것 같다.

"……."

그 모습을 본 쿠루미의 볼에 땀방울이 맺혔다.

왠지 저 여성이 눈에 익은 듯한 느낌이 들었던 것이다.

"자! 오늘은 하마이 선생님께서 쉬시니까, 교육실습생인 제가 출석을 부르겠어요! 힘차게 대답해주세요! 아이다 양!"

"아, 네."

"으음~? 아침을 안 먹었나요~? 다시 부르겠어요. 아이다 양!"

"네……!"

"구우우우우웃! 멋진 대답이군요오오오!"

그런 식으로 약간 과장되게 출석을 불렀다. 학생들은 쓴웃음을 머금고 있기는 하지만, 질색하는 것 같지는 않았다.

"자, 이걸로 조례를 마치겠어요—! 여러분, 수업 준비를 해주세요!"

몇 분 후. 출석 확인(쿠루미도 힘차게 대답해야 했다)을 마친 교육실습생은 그렇게 말하며 출석부를 덮었다.

그리고 자리를 비우기 직전, 뭔가가 생각난 것처럼 쿠루미 쪽을 돌아보았다.

"참, 토키사키 양. 할 이야기가 있으니 따라와 주시겠어

요?"

"어? 아, 네. 알겠어요."

그녀의 기세에 압도당한 것처럼 고개를 끄덕인 쿠루미는 자리에서 일어나더니, 그녀를 따라갔다.

복도를 잠시 걸은 후, 인적이 없는 장소에 도착한 교육실습생은 쿠루미를 향해 빙글 돌아섰다.

"쿠루미 양, 일은 어떻게 되어가고 있나요?"

그리고 아까와 다르게 낮은 목소리로, 그렇게 물었다. 그러자 쿠루미는 당혹스럽다는 듯이 눈썹을 살짝 찌푸렸다.

"일……이라고요?"

"네. 아티팩트의 소유자가 누구인지 짐작이 되나요?"

"그걸 어떻게—."

쿠루미가 무심코 숨을 삼키자, 교육실습생은 미심쩍은 표정을 지었다.

"왜 그러시는 거죠? 아티팩트 크라임의 가능성이 있으니까, 저와 쿠루미 양이 이 학교에 잠입한 거잖아요."

"아……!"

교육실습생의 그 말을 들은 순간, 쿠루미는 눈을 동그랗게 떴다.

그런 쿠루미의 반응이 의아한 건지, 교육실습생은 미간을 살짝 찌푸렸다.

"쿠루미 양……? 어딘가 좀 안 좋아 보이는 군요. 괜찮으신가요?"

"실은……."

쿠루미는 잠시 망설인 후, 자신의 현재 상황을 설명했다.

교육실습생이, 눈을 치켜떴다.

"기, 기억이……?! 정말인가요?!"

"네. 부끄럽지만, 자기 이름도 아까 겨우 떠올렸답니다."

쿠루미가 그렇게 말하자, 교육실습생의 굳은 얼굴에 땀방울이 맺혔다.

"……설마, 아티팩트를 이용한 공격일까요?"

"자세한 건 모르겠지만, 아무래도 그런 것 같아요. 다른 원인은 짐작이 안 되니까요."

"그렇군요……. 곤란하게 됐네요……."

교육실습생은 팔짱을 끼며 인상을 찡그리더니, 뭔가가 생각난 것처럼 눈을 치켜떴다.

"확인 삼아 묻는 거지만, 제 이름은 당연히 기억하고 계신 거죠?"

"네?"

"네?"

두 사람 다 어리둥절한 표정으로 서로를 쳐다봤다. 그리고 쿠루미는 거북한 것처럼 눈빛이 흔들렸다.

"아, 으음…… 부, 분명, 스, 스……."

"……!"

“스테파니 양……?”

“스카라베! 마츠리카예요!”

교육실습생— 마츠리카는 새된 목소리로 그렇게 외치며 두 손을 휘둘러댔다.

“너무해요, 너무해요! 파트너인 제 이름을 어떻게 잊을 수 있냔 말이에요!”

“죄, 죄송해요……. 기억이 흐릿해서…….”

쿠루미가 순순히 고개를 숙이자, 마츠리카는 뜻밖이라는 표정을 지은 후에 팔짱을 꼈다.

“……뭐, 어쩔 수 없죠. 쿠루미 양 탓이 아니니까요. 하지만, 그렇다고 해서 조사를 중단할 수도 없답니다. 쿠루미 양이 공격을 받았다는 건, 이 사건에 흑막이 존재한다는 증거나 다름없으니까요. 한시라도 빨리 상대의 정체를 알아내지 않았다간, 다음에 또 무슨 일이 일어날지 짐작조차 안 되는군요.”

“그래요……. 하지만 조사를 하려고 해도, 구체적으로 뭘 어쩌면 좋을까요?”

“그러고 보니 쿠루미 양은 피해자를 잘 아는 학생들에게서 이야기를 듣기로 약속을 잡았다고 하셨답니다. 수첩에 메모가 되어 있지 않던가요?”

“네?”

쿠루미는 그 말을 듣고 눈을 동그랗게 떴다. 아까부터

손에 들고 있던 수첩을 펼치더니, 내용을 살폈다.

그러자 오늘 날짜인 칸에 학생들의 이름과 반, 간단한 정보, 그리고 만나기로 한 시간이 적혀 있었다.

"……정말이군요. 스케줄 페이지를 안 봐서, 눈치 못 챘답니다."

"쿠루미 양은 그쪽을 부탁드려요. 저는 계속 선생님들한테서 정보를 캐보겠어요. 방과 후에 예의 장소에서 만나서, 결과를 공유하도록 하죠."

"네. 알겠어요. 그런데, 질문 하나 해도 될까요?"

"뭔가요?"

마츠리카가 그렇게 되물었다. 그러자 쿠루미는 쓴웃음을 머금으며 말을 이었다.

"예의 장소가 어디죠?"

◇

"—아, 네가 바로 그 토키사키 양이야? 코하루한테 들었어. 안나에 관한 이야기를 듣고 싶다며?"

점심시간. 3학년 E반 교실에 간 쿠루미를 맞이한 이는 머리카락을 짧게 깎은 장신의 여학생이었다. 수첩에 적힌 내용에 따르면, 그녀의 이름은 오기카와 준. 배구부의 에이스인 것 같았다.

"네. 시간을 내주셔서 감사합니다. 이렇게 갑자기 찾아와서 송구해요."

"뭐, 그렇게 딱딱하게 굴 것 없어. 나도 걔가 걱정됐거든. 궁금한 게 있으면 뭐든 물어봐."

준이 손을 흔들면서 가벼운 어조로 그렇게 말했다.

쿠루미는 고개를 끄덕인 후, 수첩에 적힌 정보를 떠올리며 말했다.

"오기카와 선배는 마츠타니 선배와 친한 사이시죠?"

"뭐, 그래. 같은 반인 데다, 같은 위원회에 속해 있거든. 그 인연으로 가까워졌어."

"어떤 분인가요?"

"으음~. 뭐, 좋은 애야. 미인에, 성적도 전교에서 손꼽혀. 게다가 남들도 잘 챙겨주니까 후배한테도 꽤 인기가 있지. 밸런타인에는 초콜릿도 잔뜩 받더라고."

그렇게 말한 준은 농담 투로「내 다음으로 많이 받았을걸?」하고 말하더니, 엄지로 자기를 가리키며 윙크를 했다. 확실히 그녀는 후배에게 인기가 있을 것 같기는 했다.

그 후, 준은 문뜩 생각난 투로 덧붙여 말했다.

"하지만 약간 솔직하지 못하달까…… 자기 쪽에서 호의를 드러내는 걸 부끄러워하는 느낌이 있었어. 어쩌면 자존심이 강한 편일지도 몰라."

"그렇군요. 확인 삼아 묻는 건데, 사건 전에 마츠타니 선배가 정서적으로 불안정한 것처럼 보이지는 않았죠?"

"그 애가? 말도 안 돼. 본인도 자살 시도 같은 건 안 했다고 말했잖아."

"본인이 그렇게 말한 건가요?"

"아, 응. 지난주에 병문안을 가서 들었어. ―정신을 차려 보니 찢어진 손목에서 피가 흘러나왔다네. 뭐, 방에 다른 사람이 들어온 흔적이 없어서 자살미수인 걸로 처리됐다고 들었지만 말이야."

"흐음……."

쿠루미는 턱을 매만졌다. 그 증언은 수첩에 적어둔 정보와 일치했다.

"마치 성흔(聖痕) 같군요."

"성흔?"

"네. 아무것도 하지 않았는데 몸에 상처가 나는 현상이랍니다. 손목이나 이마처럼, 예수님이 십자가에 못 박히면서 상처 입은 곳과 같은 부위에 생겨난다고 하죠. 경건한 신도의 몸에 일어나는 경우가 많다고 해요."

"정말이야? 무섭네……."

얼굴이 창백해진 준이 미간을 찌푸렸다. 일단 이곳은 미션 스쿨이지만…… 그렇다고 여기에 다니는 모든 이들이 신앙심이 깊지는 않을 것이다.

"그러고 보니, 마츠타니 선배가 사건 당일에 자기와 똑같이 생긴 사람을 봤다는 말을 했다죠?"

쿠루미가 문뜩 생각난 투로 묻자, 준은「맞아」하며 고개를 끄덕였다.

"서쪽 건물에서 기숙사로 가는 도중이었다던가? 자기와 똑같이 생긴 학생이 원망에 찬 눈길로 자신을 쳐다보더래. 놀라서 자기 방으로 도망쳤다고 했어. 그냥 잘못 본 걸지도 모르고, 이번 일과 관련이 있는지도 확실치 않아."

"그래도— 섬뜩한 이야기군요."

쿠루미의 이마에 땀방울이 맺혔다. 갑자기 자신과 똑같이 생긴 인물이 나타난다면, 쿠루미도 놀랄 것이다.

바로 그때, 쿠루미는 고개를 살짝 갸웃거렸다.

"서쪽 건물에서 기숙사로? 3학년의 교실은 동쪽 건물에 있잖아요?"

"그날은 무슨 볼일이 있어서, 2학년 교실에 들렀다가 기숙사로 돌아갔나 봐."

"볼일, 인가요."

"응. 그게 뭔지는 안 가르쳐줬어."

준은 어깨를 으쓱하며 그렇게 말했다.

쿠루미는 그 후로 이야기를 좀 더 나눈 후, 고맙다는 인사를 하고 그 교실을 나섰다.

"……마츠타니 선배, 말이구나. 이야기해줄 수는 있지만, 나한테 들었다는 건 비밀로 해줘."

준과 헤어진 쿠루미가 다음 교실로 가자, 안경을 쓴 여학생이 약간 귀찮아하듯이 눈썹을 찌푸렸다.

그녀의 이름은 시바키 카오리. 2학년 A반 학생이다. 원래라면 쿠루미와 반의 위치가 가까우니 먼저 들르겠지만, 점심 식사를 마친 후에 와달라고 했기에 먼저 준을 찾아가서 이야기를 들은 것이다.

"네, 물론이랍니다. 정보제공자를 발설하는 일은 없으니 안심하세요."

"그럼 괜찮지만……. 소문이 더 퍼져 나가는 건 좀 그렇거든."

"소문?"

쿠루미가 고개를 갸웃거리자, 카오리는 그제야 뭔가를 이해한 것처럼 「아하」 하며 고개를 끄덕였다.

"그래. 너는 전학생이었지."

"네. 지난주에 전학을 왔답니다. ……괜찮다면 이야기를 부탁드려도 될까요?"

쿠루미가 그렇게 말하자, 카오리는 망설이는 것처럼 뜸을 들인 후에 이야기를 시작했다.

"……사건이 일어나기 얼마 전, 마츠타니 선배와 자주 이야기를 나눌 기회가 있었어. 별것 아닌 상담이었지만, 그래도 마츠타니 선배는 교내에서 유명인이거든. 가십거리를 좋아하는 학생들이 있는 소리 없는 소리 다 하기 시작한 거야."

"흐음. 대체 어떤 거죠?"

"마츠타니 선배가 **여동생** 이외의 학생과 친하게 이야기를 나누니까, 어쩌면 자매를 관두는 게 아니냐는 이야기였어."

"자매를…… 관둔다고요?"

낯선 표현이었기에, 쿠루미는 고개를 갸웃거렸다. 자매 관계 같은 건 그렇게 간단히 관둘 수 있는 게 아니라고 생각하는데 말이다.

쿠루미가 당혹스러워한다는 걸 눈치챈 카오리가 말을 이었다.

"아, 자매라고 해도 진짜 자매는 아냐. 우리 학교는 슈베스터라고 하는, 상급생이 하급생에게 학교생활을 가르쳐 주는 풍습이 있어."

"아, 네. 그런 거군요."

"응. 뭐, 이른바 쇠르 제도야."

"……."

이른바, 란 말이 나왔다. 유명한 제도인 걸까. 쿠루미는 모르는 제도다.

"간단히 말하자면 학생끼리 서로 돕는 건데, 다들 감수성이 예민한 시기잖아. 역시 언니와 동생이란 관계를 특별히 여기게 되나 봐."

"그렇군요. 그런 와중에 인기가 많은 마츠타니 선배가 동생 이외의 후배만 챙긴 건가요."

"응. 뭐, 순식간에 이야기에 살이 붙었거든. 아무 근거 없는 소문에 지나지 않았는데, 나는 마츠타니 선배의 동생과 사이가 틀어졌어. 걔와도 꽤 사이가 좋았는데 말이지."

"그 말은……."

"소문을 들은 그 애가 나한테 찾아와서 따진 거야. 『어떻게 된 거야?』라더라니깐. 그 바람에 또 소문이 부풀려졌어. 직접 대결?! 이라면서 말이지."

"어머나. 그랬군요."

쿠루미는 한숨을 내쉬며 어깨를 으쓱했다. 동생 입장에서 본다면 일대 결심일지도 모르지만, 소문을 좋아하는 관중(갤러리)에게는 딱 좋은 표적일 게 틀림없다.

"하지만, 오히려 좋은 기회 아닌가요? 오해라는 걸 직접 설명할 수 있었을 테니까요."

"일이 그렇게 풀리지 않았다고나 할까……."

쿠루미의 말을 들은 카오리가 거북한 듯이 볼을 긁적였다.

"그게 무슨 소리죠?"

"으음~, 물론 오해라는 건 전했지만, 마츠타니 선배에게 입막음을 당한 탓에 구체적으로 어떤 걸 상담했는지는 말 못 했어. 그 바람에 걔의 의심이 더 깊어진 것 같아."

"흠……."

쿠루미가 생각에 잠기듯 턱을 쓰다듬자, 카오리는 손발을 쭉 뻗었다.

"딱히 선배 탓은 아니지만, 타이밍이 너무 나빠. 설마 **직전**에 자살 미수로 병원에 실려 갈 줄은 생각도 못 했거든. 동생 쪽도 비꼬는 건지 아니면 언니의 뒤를 따르려고 한 건지 모르겠지만, 보란 듯이 손목에 붕대를 감고 다녀. 완전 비극의 히로인 행세를 하고 있다니깐. 나는 두 자매의 사이를 갈라놓은 마성의 여자 취급이지. 진짜 최악이야."

"참 안 됐군요."

쿠루미는 목소리 톤을 낮추며 그렇게 말한 후, 「그런데」 하고 이어갔다.

"『직전』이 뭐죠? 마츠타니 선배와의 상담과 연관이 있나요?"

"아……."

카오리는 고민하듯 팔짱을 낀 후, 고개를 저었다.

"미안해……. 일이 이렇게 되어버리긴 했지만, 그래도 약속은 약속이거든. 말 못 해."

"그런가요."

카오리가 그렇게 말하자, 쿠루미는 눈을 가늘게 떴다.

—사건 해명을 위해 조금이라도 많은 정보를 얻고 싶지만, 이런 말을 들었으니 더 캐물을 수는 없다.

“감사해요—. 참고가 됐답니다. 마지막으로 하나만 더 물어도 될까요?”

“뭔데?”

“마츠타니 선배 동생분의 반과 이름을 알려주시겠어요?”

“아…… 말 안 했구나. 너, 2학년 C반이지? 너희 반 애야. 이름은—.”

카오리는 고개를 끄덕이면서 말했다.

“하시구치 이쿠노라고 해.”

◇

방과 후. 쿠루미는 혼자서 학교 부지 안에 있는 예배당으로 향했다.

긴 벤치 의자가 여러 개 놓여 있는 넓은 공간이었다. 채광창을 통해 스며들어온 석양이 앞쪽에 설치된 십자가를 붉게 비추고 있었다.

예배 시간에는 학생과 교사 및 수녀로 가득 차는 장소지만, 방과 후에는 거꾸로 정적이 감돌았다. 그 정적이 이 장소의 신비성을 돋보이게 만드는 느낌이 들었다.

하지만, 쿠루미가 그런 생각을 한 다음 순간…….

“기다리게 해서 죄송하답니다아아아아아앗!”

예배당의 문이 힘차게 열어젖혀지더니, 한 교육실습생이

화려한 세로 롤 머리카락을 흩날리면서 힘찬 목소리로 그렇게 외쳤다.

그렇다. 이 예배당이 바로, 쿠루미가 마츠리카와 만나기로 약속한『예의 장소』인 것이다.

"목소리가 울리니 조용히 해주세요, 스카라베 선생님."

상대방의 지위를 강조하듯 쿠루미가 그렇게 말하자, 마츠리카는「이거 실례했군요오오오!」하고 말하며 힘차게 자기 이마를 때렸다. 그 큰 목소리와 찰싹~! 하는 소리가 또 예배당에 울려 퍼졌다. 경이적일 정도로 차분함과 거리가 먼 사람이다.

쿠루미는 질렸다는 듯이 한숨을 내쉬더니,「그것보다」하고 말하며 헛기침을 했다.

"정보를 공유하죠. 흥미로운 증언을 꽤 입수했답니다."

그렇게 말한 쿠루미는 오늘 점심시간에 얻은 정보를 간결하게 설명했다.

마츠리카는 진지한 표정으로 팔짱을 끼더니, 흐음 하고 신음하는 듯한 목소리를 냈다.

"또 한 명의 자신을 봤다……인가요. 마치 도플갱어 같군요."

도플갱어란, 자기 자신의 모습을 자신이 보는 환각을 말한다. 쿠루미는「네」하며 고개를 끄덕였다.

"도플갱어를 보면 죽는다, 라는 괴담도 있죠. 뭐, 이번 케이스는 어디까지나 미수로 그쳐서, 죽지는 않았지만 말이에요."

쿠루미가 농담 투로 그렇게 말하자, 마츠리카는 턱을 매만지며 말을 이었다.

"게다가 마츠타니 안나 양의 동생— 하시구치 이쿠노 양, 인가요. 쿠루미 양과 같은 반이죠? 대체 어떤 분인가요?"

"……그게, 전혀 기억이 안 나는군요."

"어머, 어제까지의 기억이 어렴풋하단 말은 들었지만, 오늘 교실에서 만났을 거잖아요?"

"그게, 오늘은 몸이 좋지 않다면서 학교를 쉰 것 같아요."

쿠루미는 어깨를 으쓱하며 대답했다.

그렇다. 점심시간에 이쿠노의 이름을 듣고 어떤 인물인지 확인해보려 했지만, 그녀의 자리는 비어 있었다.

게다가 그 자리는 아침에 쿠루미가 실수로 앉았던 자리였다. 가방이 놓여 있지 않아서, 자기 자리로 착각한 것이다.

"……그러고 보니 오늘 출석을 부른 사람은 바로 당신이잖아요."

"참, 그랬죠!"

마츠리카는 가슴을 펴면서 그렇게 말하더니, 곧 목소리 톤을 낮추며 말을 이었다.

"아무튼, 수상하군요. 손목에 붕대를 감고 있었다는 점도 매우 **냄새**나지 않나요?"

"손목의 붕대가 어째서죠? 자살 미수를 한 마츠타니 선배의 흉내를 낸 것 아닐까요?"

"글쎄요. 어쩌면 인과관계가 반대일지도 몰라요."

마츠리카가 의미심장한 어조로 그렇게 말하자, 쿠루미의 눈썹이 살짝 흔들렸다.

"그 말은…… 범행에 쓰인 아티팩트가 뭔지 짐작된다는 건가요?"

쿠루미가 그렇게 묻자, 마츠리카는 고개를 끄덕였다.

"제 생각에— 그건, 아티팩트『아이 바꿔치기(체인질링)』."

"『체인질링』……."

체인질링이란 유럽의 전설이며, 요정이 아이를 바꿔치기하는 것을 말한다.

요정이 인간의 아이를 납치하고, 대신 인간의 아이와 쏙 빼닮게 변신한 요정 아이를 두고 간다. 요정 아이의 겉모습은 인간 아이와 똑같지만, 성격이 거칠고 난폭하거나 몸이 매우 약해서 금방 죽어버린다고 한다.

"네. 장식품의 형태를 한 아티팩트랍니다. 대상자의 혈액에 담그거나 머리카락을 감은 그것을 지니고 있으면, 사용자는 일정 시간 동안 대상자와 똑같은 모습으로 변할 수 있다고 하죠."

"……아! 그게 마츠타니 선배가 본 도플갱어의 정체라는 건가요?"

"네. 그렇다면 증언과 일치하니까요."

"그건…… 그렇군요. 하지만 그것과 자살 미수 사이에 어떤 연관이 있는 거죠?"

"『체인질링』 능력은 겉모습만 바꿔주는 게 아니랍니다. 대상자로 변신한 사용자는 변신한 동안, 대상자와 감각을 공유하게 되죠."

마츠리카의 말을 들은 쿠루미가 숨을 삼켰다.

"감각의 공유—."

"네. 간단히 말해, 사용자가 다친다면 대상자에게도 그 대미지가 피드백된답니다. 사용자가 자신의 손목을 긋는다면, 대상자의 손목에는 느닷없이 상처가 생겨날 테죠."

"즉, 『체인질링』으로 변신한 이쿠노 양이 자기 손목을 그어서, 그 상처를 마츠타니 선배와 공유되게 했다……. 이쿠노 양의 손목에 난 상처는 마츠타니 선배를 따라 한 게 아니라, 오히려 그녀가 먼저 상처를 냈다……란 말인가요?"

쿠루미가 그렇게 말하자, 마츠리카는 깊이 고개를 끄덕였다.

"그렇게 생각하면, 앞뒤가 맞는 것 같지 않나요?"

"……확실히 그렇군요."

쿠루미는 표정을 굳히며 고개를 끄덕였다.

마츠리카의 말은 가설에 지나지 않는다. 하지만 그 말을 들은 순간, 납득이 된 듯한 느낌이 들었다.

생각해보면, 이번 사건은 전부 어중간했다. 범행에 명확한 살의가 느껴지지도 않고, 목적도 모호했다. 단적으로 말해, 범인의 이미지 자체를 잡을 수 없었다.

하지만 그것이 소녀의 질투와 일그러진 애정의 결실이라고 생각하니, 불가사의하게도 납득이 되는 것이다.

그런 쿠루미의 반응을 본 마츠리카는「좋아요!」하며 손뼉을 쳤다.

"지금 바로 이쿠노 양을 찾아가 보죠. 이 학교는 기숙사제랍니다. 몸이 안 좋아서 학교를 쉬더라도, 기숙사의 자기 방에 있지 않겠어요? 방 번호를 알아오겠어요."

"지금 바로, 말인가요?"

"네. 쇠뿔도 단김에 빼라는 말이 있으니까요. —만약 범인이 지닌 아티팩트가 진짜로『체인질링』이라면, 가장 우려해야 하는 건 상대방과 직접 대치하게 될 때가 아니랍니다. 바로 저희의 정보를 가지고 몸을 숨기는 거죠. 혈액과 체액을 채취하는 건 어려울지도 모르지만, 머리카락 한 올도 빼앗기지 않았을 거라고 단언할 수 있나요?"

"……그것도 그렇군요."

마츠리카의 말이 옳다.『체인질링』은 무시무시한 아티팩트지만, 조건이 충족되지 않으면 그 힘은 발휘되지 않는다. 설령 싸우게 되더라도『체인질링』을 빼앗기만 하면 그것으로 끝이다.

하지만 상대가 자신들에게 악의를 품으며 자취를 감춘 순간, 그 아티팩트는 치명적인 무기가 될 수 있다. 그러니 서두르는 편이 좋을 것이다.

"알겠어요. 가죠."

쿠루미는 그렇게 말하더니, 마츠리카와 함께 예배당을 나섰다.

직원실에서 하시구치 이쿠노의 방 번호를 알아낸 후…….

쿠루미와 마츠리카는 석양에 물든 길을 나란히 걸었다.

여기는 학교 건물에서 기숙사로 이어지는 포장도로다. 아침에 쿠루미가 등교를 하면서 걸었던 길이기도 했다. 수업이 끝나고 약간 시간이 흘러서 그런지, 학생들은 보이지 않았다. 다들 자기 방으로 돌아갔거나, 아니면 동아리 활동에 힘쓰고 있을 것이다.

"……."

그런 조용한 길을 걸으면서, 쿠루미는 미간을 살짝 찌푸렸다.

학교를 나선 후— 아니, 정확하게는 이쿠노의 방에 가기로 결정한 후부터 기묘한 감각이 소용돌이치고 있었다.

마츠리카의 말은 옳으며, 설령 이쿠노가 범인이 아닐지라도 그녀의 이야기를 들어보는 건 헛수고가 아닐 것이다.

이 행동에 이의가 있을 리가 없다.

하지만, 위화감이 밀려왔다. 뭔가를 놓치고 있는 느낌이 들었다. 그 의문은 걸음을 내디딜수록 점점 강해졌다.

"쿠루미 양, 왜 그러시죠?"

쿠루미의 발걸음이 느려진 것을 눈치챈 건지, 마츠리카는 고개를 갸웃거렸다.

"……아뇨."

쿠루미는 짤막하게 답한 후, 다시 걸음을 재촉했다.

확실히 쿠루미는 지금 정체를 알 수 없는 거북한 느낌에 사로잡혀 있다. 하지만 어디까지나 그것은 감각적인 문제이며, 명확한 근거는 없다. 이쿠노가 범인일지도 모르는 만큼, 걸음을 멈출 이유는 되지 못한다.

쿠루미가 이쿠노의 외모와 성격, 언동 등을 조금이라도 파악하고 있다면 판단 재료로 삼을 수 있을지도 모르지만—.

"——."

거기까지 생각한 순간, 쿠루미의 눈썹이 희미하게 떨렸다.

그렇다. 쿠루미는 아직, 어제까지의 자기 기억을 전부 떠올리지는 못했다. 어중간한 기억 상실 상태다.

대상자와 같은 모습으로 변신하고, 감각을 공유하는 아티팩트『체인질링』. 만약 범인이 사용한 게 그 아티팩트라면, 어떻게 쿠루미의 기억을 없앴을까. —쿠루미의 모습으로 변신해서, 기억을 잃을 때까지 머리를 때렸을 리도 없다.

마츠리카의 추리가 잘못됐을까……?
아니면, 범인은 다른 아티팩트도 가지고 있는 걸까……?
애초에 쿠루미의 기억 상실은 이 건과 전혀 상관없는 우연이다……?
다양한 가능성이 생겨났다가 사라지면서, 쿠루미의 머리를 혼란스럽게 만들었다.
—정말 이 선택이 옳은 것일까? 정말 이대로, 이쿠노의 방에 가도 될까?
걸음을 내디딜수록, 가슴이 격렬하게 뛰었다.
강렬한 현기증을 느낀 것처럼, 시야가 일그러졌다.
하지만…….
"자, 쿠루미 양. 이 방이랍니다."
"……!"
다음 순간, 마츠리카의 그 말을 들은 쿠루미는 어깨를 부르르 떨었다.
그리고 한동안 얼이 나간 채, 마츠리카가 말한 방의 문을 응시했다.
그럴 만도 했다. 왜냐하면, 그 방은—.
오늘 아침, 쿠루미가 눈을 뜬 방이었다.
"——."
말문이 막혔다.
노크를 한다는 선택지가, 어째선지 머릿속에 떠오르지

않았다.

쿠루미는 억누를 수 없는 충동에 떠밀리듯이 문손잡이를 잡더니, 그대로 문을 열어젖혔다.

문 너머에는 오늘 아침에도 봤던 간소한 방이 있었다.

벽 쪽에 놓인 싱글베드와, 학습용 책상. 조그마한 선반.

그리고, 책상 앞에 놓인 의자에…….

한 소녀가, 쿠루미를 기다리고 있는 것처럼 당당히 앉아 있었다.

"아—."

무심코, 목에서 소리가 흘러나왔다.

하지만 그것도 무리는 아니었다.

그 의자에 앉아 있는 소녀의 외모가, 눈에 익었다.

윤기 넘치는 칠흑빛 머리카락. 백자 같은 피부. 이지적인 눈매와, 대담한 느낌으로 일그러져 있는 입술. 입고 있는 건 이 학교의 교복이지만, 그녀에게 감도는 노련한 분위기 탓에 왠지 유치한 옷차림처럼 느껴졌다.

"—추리의 시간이 아로새겨졌답니다."

소녀는, 쿠루미를 맞이하듯 그렇게 말했다. 마치 쿠루미가 올 것을 예상하였다는 듯이 말이다.

그 영롱한 목소리는, 쿠루미가 익히 아는 것이었다.

눈을 가늘게 뜨며, 소녀는 말을 이었다.

"역시 당신이 범인이었군요. —**이쿠노 양**."

소녀— **토키사키 쿠루미**는, 쿠루미를 향해, 그렇게 말했다.

◇

"아, 아, 아, 아—."

쿠루미는 격렬한 두통 탓에 머리를 감싸쥐며, 그 자리에서 무릎을 꿇었다.

또 한 명의 쿠루미가 한 말을 기점 삼듯이, 이제까지 어렴풋하던 기억이 급속도로 실체를 지니기 시작했다. 자신의 진짜 이름을 떠올린 것이다.

"나, 는—."

—아아, 그렇다. 드디어 생각났다.

하시구치 이쿠노. 그것이 자신의 이름.

그리고 그것은, 아티팩트 『체인질링』을 써서 이번 사건을 일으킨 범인의 이름이기도 했다.

그렇다. 지금으로부터 몇 달 전, 연휴를 이용해 집으로 돌아갔던 이쿠노는 집에 와 있던 기묘한 소포를 발견했다.

받는 사람은 이미 돌아가신 증조부였다. 보낸 사람의 이름이 없어서 어쩔 수 없이 뜯어보니— 그 안에는 불가사의한 힘을 지닌 반지가 들어 있었다.

처음에는 이쿠노도 당황했다. 어째서 이 세상에 이런 것이 존재하느냐고 생각하며 두려움을 느꼈고, 누구와도 상의하지 못한 채 상자 안에 넣어서 책상 안에 뒀다. 그대로 두 번 다시 열 일은 없을 거라고 여겼다.

하지만 한 달 전, 어떤 일이 벌어졌다.

이쿠노의 『언니』인 마츠타니 안나가, 갑자기 이쿠노의 동급생과 친해지기 시작한 것이다.

처음에는 이쿠노도 딱히 신경 쓰지 않았지만, 주위에서 불온한 소문이 들려오자 안절부절못하게 됐다.

하지만 안나와 카오리에게 물어봐도 얼버무리기만 했기에, 불안은 더욱 커져만 갔다.

결정타는, 안나에게서 걸려온 전화였다.

「여보세요—. 이쿠노?」

「네, 언니……. 무슨 일이세요?」

「무슨 일이라니…… 너, 혹시 아직도 눈치 못 챈 거야?」

「네……?! 눈치를 못 채다니…… 대체 뭘…….」

「뭐, 됐어……. 그럼 내일 시간을 내줘. 내가 직접 말해줄게.」

안나는 그렇게 말한 후, 전화를 끊었다.

그로부터 한동안, 이쿠노는 전화를 손에 든 채 서 있을 수밖에 없었다.

혹시, 안나가 자매를 관두자고 한다면.

혹시, 안나가 카오리를 새로운 동생으로 삼겠다고 말한다면.

그런 가능성이 뇌를 스친 순간, 이쿠노의 손에는 평생 쓰지 않겠다고 결심했던 아티팩트 반지가 쥐어져 있었다.

범행 동기는, 사실 스스로도 잘 몰랐다.

자신을 버리려 한 안나에게 따끔한 맛을 보여주고 싶었던 것일까.

경애하는 안나를 잃을 바에야, 확 같이 죽자고 생각한 것일까.

—양쪽 다 맞을 것이고, 양쪽 다 틀릴 것이다.

몽롱한 의식 속에서 고통을 느끼고 물통에서 손을 빼보니, 물통 안은 피로 물들어 있었다.

다음 날. 아침부터 구급차 사이렌이 학교 안에 울려 퍼지더니— 안나가 병원으로 실려갔다.

이쿠노는 그 모습을, 멀리서 멍하니 쳐다볼 수밖에 없었다.

—그 후로 며칠 동안, 이쿠노는 무기력한 나날을 보냈다.

학교에 가서도 얼이 나가 있었으며, 수업과 예배에 집중하지 못했다.

원래라면 누군가가 주의를 줬을지도 모르지만, 상황이 상황인지라 말을 걸어오는 학생이 거의 없었다. 다들 어떻게 대응하면 좋을지 모르는 것이다. 그도 그럴 것이, 이쿠노의 손목에는 안나의 뒤를 따르려고 한 것처럼 붕대가 감겨 있으니 말이다.

하지만 그로부터 며칠 후, 뜻밖의 일이 벌어졌다.

갑자기 자신의 반으로 전학을 온 전학생이 자살 미수 사건을 조사하기 시작한 것이다.

처음에는 딱히 관심을 가지지 않았다. 그도 그럴 것이, 이쿠노가 범행에 쓴 것은 아티팩트다. 아무리 조사하더라도, 이쿠노가 범인이라는 사실을 알아낼 수 있을 리가 없다.

하지만 우연히 전학생의 수첩을 본 이쿠노는, 전율하며 온몸을 떨었다.

거기에는『아티팩트의 관여가 의심됨』이라는 문장이 적혀 있었다.

이쿠노는 공포에 사로잡혔다. 이 소녀는, 토키사키 쿠루미란 이름의 전학생은, 아티팩트에 대해 알고 있다.

이대로 있다간, 이쿠노가 범인이라는 사실을 들키고 말지도 모른다.

그것은 곧, 안나를 상처입힌 이가 자신이라는 사실을 들킨다는 것을 의미했다.

그건 안 된다. 그것만은 안 된다.

만약 그 사실을 들킨다면…….

그리고 만약 그 사실이, 안나의 귀에 들어간다면…….

그런 생각만 해도, 이쿠노는 죽을 것만 같았다.

아아. 이런 짓을 벌여놓고도, 이쿠노는 여전히 안나를 좋아해 마지않는 것이다.

자기가 제멋대로라고 생각하면서도, 이쿠노는 그 공포를 견딜 수 없었다.

이쿠노는 각오를 다졌다. ―토키사키 쿠루미의 머리카락을 입수한 후, 안나에게 했던 것처럼 그녀의 몸에 상처를 내기로 했다.

죽지는 않을 것이다. 이것은 경고다. 이대로 계속 조사를 한다면, 이쪽에도 생각이 있다는 메시지다.

쿠루미에게 원한은 없다. 하지만, 이쿠노는 진실이 밝혀지는 게 두려웠다.

밤. 쿠루미의 모습으로 변신한 이쿠노는, 마음을 굳히며 나이프를 쥐었다―.

"아아……."

거기까지는 기억했다.

그 후, 쿠루미의 모습으로 잠들어 있다 깨어난 이쿠노는 기억이 모호한 상태가 되어 있었다.

"기억을 되찾았나 보군요."

의자에 앉아 있던 쿠루미가― 진짜 토키사키 쿠루미가, 조용히 말했다.

그녀의 손목에는 상처가 나 있지 않았다.

지금의 자신과 똑같은 모습을 한 그 소녀가, 이쿠노의 눈에는 무시무시한 괴물처럼 보였다.

"아, 아, 아—."

그 순간, 침대 아래에서 빛나고 있는 물건을 발견한 이쿠노는 손을 뻗었다.

거기 떨어져 있던 것은 바로 조그마한 나이프였다. 아마 쿠루미의 모습으로 기절했을 때, 거기 떨어뜨린 것이리라.

"——."

"이쿠노 양!"

이쿠노가 손에 쥔 것이 뭔지 눈치챈 것이리라. 쿠루미의 눈썹이 희미하게 흔들렸고, 마츠리카는 제지하듯 고함을 질렀다.

"아아아아아아아아—!!"

하지만 이쿠노는 자기 자신을 제어할 수가 없었다. 이쿠노는 격한 충동에 따라 나이프를 거꾸로 쥐더니, 칼끝을 자기 배에 찔러넣었다.

날카로운 통증이 복부에서 느껴지더니, 붉은 피가 꽃처럼 피어났다.

—아니, 피어나야만 했다.

"어……?"

이쿠노는 눈을 동그랗게 뜨고 자신의 복부를 쳐다봤다.

—생채기 하나 나지 않은, 자신의 복부를 말이다.

"이건……."

유심히 보니, 나이프의 칼날은 용수철이 접히면서 자루 부분에 쑥 들어가 있었다. 그것은 정교하게 만든 장난감이었다.

"만일에 대비해 바꿔치기를 해두기 잘했군요. ……그래도, 대뜸 자기 배를 찌르려고 할 줄은 생각도 못했답니다."

"……하긴, 기억이 흐릿한 상태에서 자기와 똑같이 생긴 사람이 방에서 기다리고 있었으니까요. 공황 상태에 빠지는 것도 무리는 아닐 테죠."

쿠루미의 말에 이어, 마츠리카가 쓴웃음을 머금으며 그렇게 말했다. 쿠루미는「아하」하고 말하며 고개를 끄덕였다.

"듣고 보니 그럴지도 모르겠군요. 똑같은 얼굴을 지닌 사람이 잔뜩 있는 것에 익숙해서, 그다지 신경 쓰이지 않았어요."

"……네? 자매분이 많으신 건가요?"

"뭐, 비슷하답니다."

쿠루미는 어깨를 으쓱하며 그렇게 대답했다.

하지만 그런 가벼운 대화를 나누는 두 사람과 달리, 이쿠노의 머릿속은 혼란에 빠져 있었다. 손에 쥔 장난감 나이프를 떨어뜨리더니, 천천히 고개를 들었다.

"어째서…… 너는, 대체…… 어떻게……."

이쿠노는 더듬거리며 알아듣기 힘든 질문을 입에 담았다.

하지만 쿠루미는 그 질문의 의도를 눈치챈 것 같았다. 그녀는 천천히 의자에서 일어나며 대답했다.

"—이번 사건에 쓰인 아티팩트가 『체인질링』이란 것은 비교적 이른 단계에 예상했답니다. 그리고, 범인이 그것을 이용해 저를 공격할 가능성도 말이죠."

그래서, 하고 쿠루미는 말을 이었다.

"거기에 대비해, 대책을 세워뒀답니다. 『체인질링』으로 변신한 당신이 입은 상처는, 제 몸에도 나타나죠. 하지만, 잊으면 안 될 게 있어요. 『체인질링』의 힘은 어디까지나 감각의 공유예요. 결코 일방통행이 아니랍니다. —제 몸에 입은 대미지 또한, 당신과 공유하게 되는 거예요."

"뭐……."

이쿠노가 눈을 치켜뜨자, 쿠루미는 자기 목덜미를 가느다란 손가락으로 매만졌다.

"손목에 나이프가 닿는 감촉이 느껴진 순간, 마츠리카 양에게 경동맥을 압박해달라고 해서 일시적으로 의식을 차단했어요. —몸에 부담이 가해지는 만큼, 착한 아이는 흉내내면 안 된답니다?"

대체 누구에게 말하는 건지는 모르겠지만, 쿠루미는 주의를 주는 투로 그렇게 말했다.

이쿠노는 신음에 가까운 목소리를 흘렸다.

"그럼…… 이 기억의 혼탁도, 당신이……?"

"그럴 리가요. 뭐든 제 탓으로 돌리면 곤란해요. ―정신은 육체의 영향을 받는 법이죠. 아티팩트의 사용에 익숙하지 않으면서 단기간에 몇 번이나 타인의 모습이 됐으니, 자아가 흔들리는 것도 무리는 아니지 않을까요."

쿠루미는 그렇게 말한 후, 「뭐, 의식의 강제 차단이 계기일 가능성은 부정할 수 없지만 말이죠……」 하고 작은 목소리로 덧붙여 말했다.

"선생님도, 전부…… 알고 있었던 거야……?"

이쿠노가 등 뒤에 서 있던 마츠리카를 노려보며 그렇게 말하자, 그녀는 의기양양하게 가슴을 폈다.

"그렇답니다!"

"참고로 마츠리카 양이 우쭐대며 늘어놨던 추리는, 제가 알려준 거예요."

"그, 그 말을 꼭 할 필요는 없지 않나요?!"

마츠리카는 당황한 듯이 진땀을 흘렸다. 그 모습을 본 쿠루미는 작게 웃음을 흘렸다.

하지만 이쿠노는 웃을 여유가 없었다. 그녀는 쿠루미를 노려보며, 다시 입을 열었다.

"당신들은, 대체 정체가 뭐야……?"

이쿠노가 묻자, 쿠루미는 어깨를 으쓱하며 말을 이었다.

"그래요. ―아티팩트 크라임을 전문으로 하는 탐정이라

고나 할까요."

"나를 잡으러 온 거야……?"

"아뇨. 제 목적은 어디까지나 당신이 가지고 있는 아티팩트의 회수랍니다. 확실히 당신이 한 일은 용서받을 수 없는 짓일지도 모르지만, 저에게는 당신을 단죄할 자격이 없으니까요."

"……그럼 왜 바로 이걸 회수하지 않고, 나를 그냥 놓아 둔 건데?"

이쿠노는 그렇게 말하면서 자신의 왼손을 들어 보였다. 왼손 새끼손가락에는 낡은 반지가 끼워져 있었다.

처음에는 뭔지 몰랐지만, 기억을 되찾은 지금은 안다. 이것이 바로 아티팩트『체인질링』이다.

그러자 쿠루미는 눈을 가늘게 떴다.

"당신이 직접 사건의 진상을 파헤치게 한 거랍니다."

"사건의 진상……?"

이쿠노는 인상을 찡그렸다.

"전부 생각이 났으니, 이제는 파헤치고 말고 할 것도 없잖아. ……아니면 뭐야? 내가 저지른 죄가 얼마나 무거운지 다시 깨닫게 만드는 게 목적이라도 돼?"

"자, 글쎄요. 확실히 당신은 범인이지만, 그렇다고 이번 사건의 전모를 파악하고 있지는 않다고 생각합니다만?"

"무슨 소리야……?"

이쿠노가 미심쩍어하면서 묻자, 쿠루미는 조용히 말을 이었다.

"당신은 안나 양이 자매 관계를 관두려는 게 아닐까 하고 생각한 것 같습니다만— 정말 그게 사실일까요? 사건이 벌어지기 전, 안나 양이 카오리 양과 상의한 건 대체 뭘까요. 사건 당일, 안나 양이 동쪽 건물이 아니라 서쪽 건물에서 기숙사로 돌아온 건 어째서일까요."

"뭐……?"

이쿠노는 쿠루미의 말을 듣고 미간을 찌푸렸다.

그러자 쿠루미는 가느다란 상자 같은 것을 꺼내더니, 이쿠노에게 건네줬다.

"이건……."

"실례인 줄은 알지만, 당신 책상 안에서 꺼내온 거랍니다—."

듣고 보니, 이쿠노는 그 상자가 눈에 익었다.

그렇다. 오늘 아침에 이쿠노가 자기 자리에 앉았을 때, 책상 안에 들어 있던 물건이다. 핑크색 포장지에 싸여 있으며, 리본이 매여 있다.

아침에는 자신을 쿠루미라고 생각했기에, 딱히 신경 쓰지 않았다. 하지만 기억이 돌아온 지금 생각해봐도, 그 상자는 기억에 없었다.

"설마……."

이쿠노는 숨을 삼키더니, 포장지를 뜯고 상자를 열었다.

안에는 귀여운 액세서리와 함께 조그마한 메시지 카드가 들어 있었으며— 거기에는 안나의 글씨체로 『1st Anniversary』라고 적혀 있었다.

“아—.”

그것을 본 이쿠노는 망연자실한 표정으로 눈을 치켜떴다.

아아, 그렇다. 사건 당일, 그날은 안나와 자신이 『자매』가 된 지 1년 되는 날이었다.

“아, 아—.”

떨리는 목소리가, 목에서 흘러나왔다.

이쿠노는 오열을 흘리며 무너지듯 주저앉았다.

“내가, 무슨 짓을—.”

안나는 이쿠노와 자매를 관둘 생각이 없었다.

카오리 또한, 이쿠노를 배신하지 않았다.

전부, 근거 없는 소문에 휘둘린 이쿠노의 폭주였다.

그런 어처구니없는 이유로, 이쿠노는 경애하는 안나에게 상처를 줬다.

후회와 절망이 폐부를 가득 채웠다. 이쿠노는 통곡하며 바닥을 내려쳤다.

“만약 당신에게 아티팩트가 없었다면, 이런 사건은 일어나지 않았겠죠—. 하루 더 괴로운 밤을 보냈을지도 모르지만, 다음 날에는 오해가 풀렸을 거예요.”

쿠루미는, 가느다란 한숨을 내쉬었다.

"아티팩트 『체인질링』의 유래가 된 전설은, 현대보다 유아 사망률이 높았던 시대에 『죽은 건 자신의 아이가 아니라 요정의 아이이며, 진짜 아이는 요정의 나라에서 지금도 건강히 살고 있다』라고 생각하기 위한 우화의 일종이라는 설이 있답니다. —이번 같은 슬픈 착각이 빚어낸 사건에 『체인질링』이 관여했다는 건, 참 아이러니한 일이군요."

그렇게 말한 쿠루미는 얼이 나간 이쿠노에게 다가가더니, 그녀의 왼손 새끼손가락에서 낡은 반지를 뺐다.

그러자 다음 순간, 쿠루미와 같은 모습을 하고 있던 이쿠노의 몸이 전혀 다른 모습으로 변했다.

밤색 머리카락과 주근깨 범벅인 볼— 하시구치 이쿠노의 원래 모습이었다.

"아—."

"뒷일은 알아서 하세요. 자기 자신을 용서할 수 없다면, 아까 같은 짓을 해도 말리지 않겠어요. 하지만, 그 전에 조금은 생각해보세요. 만약 당신이 죽는다면, 안나 양이 얼마나 슬퍼할지를 말이에요."

"아, 아, 아……."

쉴 새 없이 흘러내린 눈물이, 바닥에 얼룩을 만들었다.

쿠루미는 그런 이쿠노를 지켜본 후에 몸을 일으키더니, 「이만, 실례하죠」 하고 말하며 그 자리를 벗어났다.

◇

“결국, 아티팩트를 훔친 범인의 단서는 손에 넣지 못했군요—.”

며칠 후. 역 앞의 상가 빌딩 2층에 위치한 토키사키 탐정사.

홍차를 한 모금 마신 후, 쿠루미는 희미한 온기를 머금은 숨결을 토했다.

그렇다. 무사히 아티팩트 『체인질링』을 회수하기는 했지만, 그것을 가지고 있던 하시구치 이쿠노가 아티팩트를 입수한 경로 또한 정체불명의 소포였다.

“정말 기묘한 이야기군요. 스카라베 저택을 습격한 범인은 대체 뭐가 목적이죠? 모처럼 손에 넣은 아티팩트를 닥치는 대로 다른 사람한테 보낸 것처럼 보이는군요.”

쿠루미가 어깨를 으쓱하며 그렇게 말하자, 맞은편 소파에 앉아 있던 마츠리카가 흐음 하고 신음을 흘리며 생각에 잠기는 듯한 시늉을 했다.

“어쩌면 아티팩트 크라임으로 점철된, 혼란스러운 세상을 만들려고 하는 건지도 모르겠군요!”

“싸구려 악당이나 할 법한 발상이군요.”

쿠루미가 한숨을 내쉬며 그렇게 말하자, 마츠리카는 약간 충격을 받은 것처럼 고개를 푹 숙였다.

“범인의 목적이 무엇이든 간에, 아티팩트를 흩뿌리고 있는 점은 성가시군요. 이번 케이스도 피해자가『또 한 명의 자신을 봤다』라는 증언을 해준 덕분에 조사에 착수한 것이나 마찬가지인 만큼, 만약 그런 증언조차 없었다면 의문조차 품지 못하고 놓쳤을지도 몰라요."

바로 그때, 뭔가가 생각난 것처럼 마츠리카가 눈을 치켜떴다.

"아. 그러고 보니 쿠루미 양, 그 사건 이후의 일인데 말이죠."

"무슨 일 있나요?"

"네. 마츠타니 안나 양이 퇴원했다고 해요. ―그리고 무사히 이쿠노 양과 재회했다더군요. 카오리 양에 대한 오해도 풀린 것 같아요."

"흐음, 그런가요."

"어머나, 쿨하시군요. 잠시이기는 해도 한 학교에 다닌 학생들의 일인데 말이죠."

"잠입할 때마다 정이 들어선 한도 끝도 없으니까요."

쿠루미가 그렇게 말하자, 마츠리카는 입가를 꼬물거렸다.

"흐음~, 헤에~, 그런가요~."

그 표정에서는, 그런 것치고는 꽤 챙겨주는 것 같던데 말이죠~, 하고 말하는 듯한 기색이 어려 있었다. 쿠루미는 마츠리카를 날카롭게 노려보았다.

"왜 그러시죠?"

"아뇨. 아무것도 아니랍니다."

괜히 언급해봤자 귀찮아질 거라고 판단한 것이리라. 마츠리카는 표정을 바꾸며 손을 내저었다.

"그건 그렇고, 놀랐어요."

"뭐가 말인가요?"

"학교에 잠입하기로 했을 때, 아무렇지 않게 학생으로의 잠입을 선택한 쿠루미 양의 대담함에 놀랐답니다."

"푸웁—."

마츠리카가 그렇게 말한 순간, 쿠루미는 사레가 들렸다.

"그야 저희는 대학생이고, 얼마 전까지 교복을 입었으니 그렇게 위화감은 없을 테지만 말이죠."

"잠깐만 기다려보세요. 제가 교복을 입고 싶어 했다는 투로 말하지 말아주세요. 학교에 잠입한다는 말을 들으면 그렇게 생각하는 게 정상 아닌가요?"

"네~? 그럴까요~. 저는 교육실습생으로 잠입할 생각으로 드린 제안이었는데 말이죠~."

"……."

마츠리카는 진심으로 즐거워하며 그렇게 말했다. 이마에 혈관이 불거진 쿠루미는 억지로 온화한 미소를 지었다.

"마츠리카 양. 『체인질링』은 예의 보관고에 넣어뒀죠?"

"네? 아, 그렇답니다."

"당신의 머리카락 한 올만 뽑겠어요."

"저기, 무슨 짓을 하려는 거죠?!"

쿠루미가 빙긋 웃으며 그렇게 말하자, 마츠리카는 도망치듯 소파에서 벌떡 일어났다.

The artifact crime files
kurumi tokisaki

Case File
V

저런 것을 가지고 싶은 건가요?

쿠루미 옥션

"—정말, 이해가 안 되는 군요."

사이토 대학의 캠퍼스 안에 있는 카페테라스에서, 토키사키 쿠루미는 혼잣말을 중얼거렸다.

긴 흑발에 머리핀(바레타)을 한 소녀였다. 상태가 좋은 블라우스와 고급스러운 실루엣의 롱스커트를 입었으며, 그런 인상에 손색없는 몸가짐과 자세로 의자에 앉아 있었다.

그녀의 손 언저리에는 가죽 수첩과 필기구, 스마트폰, 그리고 책 한 권이 놓여 있었다. 그 옆에는 이 자리를 차지하는 핑곗거리처럼 티포트와 찻잔이 자리하고 있었다.

쿠루미는 펼쳐둔 책의 페이지를 보면서, 가느다란 숨을 토했다.

그것은 스카라베 저택의 창고에 소장되어 있던 아티팩트의 목록 — 정확히는 불완전한 사본 — 이다. 거기에 적힌 아티팩트의 이름을 차례대로 살펴보면서, 생각에 잠겼다.

하지만 쿠루미는 아티팩트의 이름과 효력을 암기하려는 것도, 손에 넣은 아티팩트의 이용법을 생각하고 있는 것도 아니다. —그런 것은 이 사본을 손에 넣은 당일에 마쳤다.

쿠루미가 현재 우려하고 있는 사안은, 스카라베 저택을 습격해서 아티팩트를 훔쳐간 범인의 『목적』이다.

쿠루미는 마츠리카의 의뢰를 받아서 이제까지 몇 개의 사건을 해결했고, 몇몇 아티팩트를 회수하는 데 성공했다.

하지만 사건의 범인은 아티팩트를 가지고 있기는 했지

만, 스카라베 저택을 습격한 범인과의 관련성은 전혀 확인할 수 없었다.

모든 범인은 어느 날 받은 정체불명의 소포에 아티팩트가 들어 있었다고 말했다.

물론 허위 진술일 가능성도 있어서 다양한 방면에서 조사를 해봤지만, 아직은 그녀들의 진술을 부정할 재료를 발견하지 못했다.

즉, 스카라베 저택 습격범은 모처럼 손에 넣은 아티팩트를 자신과 상관없는 제삼자에게 보내고 있다.

—영문을 모르겠다. 쿠루미는 골치가 아픈 것처럼 미간을 찌푸렸다.

스카라베 저택 습격범은 대체 무슨 생각인 걸까.

설마 마츠리카가 말한 것처럼, 혼란스러운 세상을 만들려고 한다— 같은 것일 리가 없다.

뭔가, 뭔가 이유가 있을 것이다. 아무것도 모르는 제삼자에게 아티팩트를 보내는 이유, 혹은 보낼 수밖에 없는 이유가—.

쿠루미가 그런 생각을 하고 있을 때였다.

"—오오, 쿠루미 아니냐!"

갑자기 등 뒤에서 활기찬 목소리가 들려왔다.

눈썹을 희미하게 떨면서 그쪽을 쳐다보니, 두 소녀가 눈에 들어왔다.

한 사람은 칠흑빛 장발과 수정처럼 몽환적인 눈동자가 인상적인, 힘찬 미소를 짓고 있는 소녀.

다른 한 사람은 색소가 빠진 머리카락을 어깨 근처까지 기른, 인형처럼 무표정한 소녀였다.

야토가미 토카와 토비이치 오리가미. 두 사람 다 쿠루미와 마찬가지로 사이토 대학에 다니고 있는 1학년이다.

점심을 먹으러 온 건지 두 사람 다 쟁반을 손에 들고 있었다. 오리가미의 쟁반에는 커피와 샌드위치, 그리고 휴대형 영양식이 놓여 있었고, 토카의 쟁반에는 햄버거가 산더미처럼 쌓여 있었다. ……다양한 의미에서 대조적인 두 사람이었다.

"어머, 토카 양과 오리가미 양. 오랜만이에요. 토카 양은 여전히 건강하신 것 같군요……."

"음? 뭐, 건강하긴 하지."

쿠루미가 쓴웃음을 머금으며 인사를 건네자, 토카는 힘차게 고개를 끄덕였다.

"쿠루미야말로 별일이구나. 이런 데서 뭘 하는 것이냐?"

"별일이라는 말은 좀 그렇군요. 저도 이 대학의 학생이잖아요? 교내의 카페 정도는 이용한답니다."

"그건 그렇다만, 대학에 잘 나오지 않는 것 같아서 말이다. 학점은 괜찮은 것이냐?"

토카가 걱정 섞인 어조로 그렇게 말하자, 쿠루미는 무심

코 쓴웃음을 흘렸다. 이런 말은 좀 그렇지만, 토카가 자기 학점을 걱정해주는 날이 올 거라고는 생각도 못 했다.

"음? 왜 그러느냐?"

"아뇨, 아무것도 아니랍니다. 일단 유급은 하지 않도록 계산해뒀으니, 걱정하지 마세요."

"그래. 그럼 다행이다만……."

토카는 고개를 가볍게 끄덕이더니, 말을 이었다.

"그것보다, 오랜만에 만났지 않았느냐. 같이 식사하지 않겠느냐?"

"네, 좋아요."

쿠루미가 그렇게 말하며 테이블 위에 공간을 치워주자, 토카와 오리가미는 쟁반을 거기에 두면서 맞은편 좌석에 앉았다.

"그런데 쿠루미는 평소에 뭘 하느냐? 아르바이트라도 하는 것이냐?"

"아, 네. 비슷하답니다."

쿠루미가 그렇게 말하자, 토카의 옆에 앉은 오리가미가 예리한 눈길을 보내며 말했다.

"—탐정업을 말하는 거야?"

"어머나, 어머나. 역시 귀가 밝으시군요."

오리가미가 자신이 학교 밖에서 하는 활동을 맞췄지만, 쿠루미는 놀라지 않았다. 아티팩트 전문이란 점은 밝히고 있지 않지만, 탐정사무소 자체는 숨겨진 장소에 있지는 않다. 대학 제일의 수재로 이름 높은 오리가미라면, 그 정도 정보는 충분히 입수할 수 있을 것이다.

그런 쿠루미의 반응을 본 오리가미가 눈을 가늘게 떴다.

"또 나쁜 짓을 꾸미는 거야?"

"우후후, 글쎄요."

"……."

쿠루미가 모호한 미소를 머금자, 오리가미는 눈을 가늘게 떴다.

그녀는 나름대로 쿠루미를 믿는 것일지도 모르고, 추궁한다고 해서 쿠루미가 진실을 이야기할 리가 없다고 생각한 걸지도 모른다. 설령 후자일지라도, 쿠루미를 믿는다고 볼 수 있을지도 모르지만 말이다.

아티팩트를 쫓고 있다는 사실을 널리 알릴 생각은 없다. 하지만, 생각을 정리하고 싶기는 했다. 쿠루미는 자연스러운 어조로 두 사람에게 말을 건넸다.

"저기, 토카 양, 오리가미 양. 식사를 하면서 제 이야기를 들어주시지 않겠어요?"

"괜찮다만…… 어떤 이야기냐?"

"……."

토카는 고개를 갸웃거리면서, 오리가미는 아무 말 없이 쿠루미를 응시했다.

"만약의 이야기예요. 어느 저택에 강도가 들어와서 다양한 물건을 훔쳐갔답니다. 하지만 그 강도는 모처럼 훔친 물건을 불특정 다수인 제삼자에게 보내기 시작했어요. 그 이유는 대체 뭘까요?"

"음, 뚱딴지같은 소리구나."

"우후후. 뭐, 심심풀이 삼아서 하는 두뇌 게임이라고 생각해 주시면 감사하겠어요."

쿠루미가 미소를 지으며 그렇게 말하자, 오리가미가 잠시 생각에 잠긴 후에 대답했다.

"가능성이라면 몇 가지 있긴 해……."

"들려주시겠어요?"

"하나는 그 강도가 자신을 의적이라고 여길 경우. 다른 하나는 그 물품을 보유하고 있는 것 자체가 어떤 불이익으로 이어질 경우."

"흠……."

쿠루미는 턱에 손을 댔다. 확실히, 신빙성이 전혀 없는 이야기는 아니었다.

"불이익은— 어떤 것일까요?"

"물품이 어떤 것이냐에 따라 달라. 예를 들어서 크기가 크다면 보관장소에 문제가 생길 테고, 발각당할 가능성도 커. 그 외에도 물품이 독극물이나 폭발물일 경우에는 보유 자체가 리스크가 될 가능성이 있고, 고급 식재료처럼 장기

보존이 곤란한 것이라면 자기들끼리 전부 소비 및 사용할 수 없을 가능성이 생겨."

"그렇군요."

쿠루미가 납득한 것처럼 고개를 끄덕이자, 토카는 눈썹을 살짝 찌푸렸다.

"으음…… 음식을 빼앗기기라도 한 것이냐? 그거 큰일이겠구나……."

쟁반 위를 보면 알 수 있다시피, 토카는 엄청난 대식가다. 손에 든 햄버거의 포장을 보면서, 안타까운 표정을 짓고 있었다. 그 모습을 본 쿠루미는 무심코 쓴웃음을 머금었다.

"아뇨, 어디까지나 만약의 이야기니까 걱정하지 마세요."

"그렇다면 다행이다만……."

토카는 손에 쥔 포장을 벗기더니, 순식간에 햄버거를 먹어치웠다.

"나라면 빼앗기기 전에 다 먹어치울 거다."

"……그럴 수 있는 사람은 토카 양뿐이지 않을까요."

"으음. 그럼 남는 건 오리가미와 쿠루미에게 나눠주마. 알지도 못하는 강도에게 빼앗길 바에야, 친구에게 주는 편이 훨씬 낫지."

그렇게 말한 토카는 쟁반 위에 놓인 햄버거를 오리가미와 쿠루미에게 하나씩 건네줬다.

하지만 오리가미는 그 햄버거를 토카에게 돌려줬다.

“괜찮아. 필요한 영양분은 섭취하고 있어.”

“저도 사양하겠어요. 지금은 배가 안 고파—.”

쿠루미도 오리가미와 마찬가지로 토카에게 햄버거를 돌려주려다—.

“——.”

갑자기, 그녀의 눈썹이 흔들렸다.

“강도에게 빼앗길 바에야, 친구에게 주는 편이—?”

“음? 왜 그러느냐, 쿠루미. 역시 먹고 싶은 거냐?”

“아뇨, 그게 아니랍니다. —죄송하지만, 먼저 실례하겠어요. 확인해봐야 할 일이 생겨서 말이죠.”

쿠루미는 어리둥절한 표정을 지은 토카와 오리가미를 남겨둔 채, 짐을 챙겨서 자리에서 일어났다.

◇

“…….”

역 근처에 있는 상가 빌딩 2층. 토키사키 탐정사.

그 사무실에서, 쿠루미는 책상 위에 놓여 있는 다양한 물품과 눈싸움을 벌이고 있었다.

기묘한 디자인의 먹색 총탄.

정교하게 세공된 유리병과 화장용 붓.

요사한 빛을 뿜는 식칼.

요정의 날개 같은 문양이 새겨진 반지—.

그것들은 이제까지의 사건에서 쿠루미가 회수한 아티팩트다. 평소에는 전용 보관고에 넣어두지만, 조사할 점이 있어서 꺼낸 것이다.

그리고, 책상 위에 놓인 것은 그게 전부가 아니었다.

아티팩트에 대응하듯, 여러 장의 포장지와 상자가 놓여 있었다.

그렇다. 이제까지 사건의 범인들에게 아티팩트가 보내질 때 쓰인 것들이다.

물론 지문 등의 조사는 이미 마쳤으며, 습격범의 흔적은 찾지 못했다.

하지만, 지금 쿠루미가 확인하려는 건 그게 아니다. 눈을 가늘게 뜨며 포장지를 만져보고, 꼼꼼히 살펴봤다.

종이의 상태는 나쁘지 않지만, 꽤 낡은 것 같았다. 조금만 힘을 주면 간단히 찢어질 만큼 약했다.

표면에 받는 사람의 이름이 적힌 란도 꽤 낡아 보였다. 그리고 거기에 적힌 것은 범행을 저지른 범인들의 이름이 아니었다.

그게 당연했다. 그녀들의 증언에 따르면, 이것들은 그녀들 앞으로 보내진 것이 아니라 이미 돌아가신 부모님이나 조부모에게 보내진 것이라고 한다.

기묘한 공통점이다. 이제까지 신경을 안 쓴 건 아니지만, 그 의미는 알 수 없었다.

하지만 어떤 시점에서 그 점을 생각해보자, 거기에 한 의미가 있는 듯한 느낌이 들었다.

"만약, 그렇게 된 거라면……."

쿠루미는 조용히 중얼거리면서, 천천히 자리에서 일어났다.

"**첫 사건**부터, 다시 살펴볼 필요가 있을지도 모르겠군요—."

◇

"토카 양, 토카 양—."

"음?"

사이토 대학의 캠퍼스에서 쿠루미가 말을 걸어오자, 토카는 고개를 들었다.

"오오, 쿠루미. 오늘도 학교에 왔구나. 무슨 볼일이라도 있느냐?"

"네. 토카 양에게 부탁드리고 싶은 일이 있답니다."

"음?"

쿠루미가 그렇게 말하자, 토카는 눈을 동그랗게 떴다.

◇

“큰일 났답니다아아아아아아아아아아앗—!”

텐구역 근처에 있는, 상가 빌딩의 2층.

『토키사키 탐정사』라는 글자가 적힌 문이 열어젖혀지더니, 한 소녀가 절규를 토하며 굴러들어왔다.

멋지게 말린 세로 롤 머리카락과, 평상복이라고 하기에는 너무 화려한 드레스. 온몸으로 상류층 아가씨 느낌을 물씬 풍기고 있는 듯한 모습이었다. 거기에 엉뚱한 언동도 더해지면서, 한번 보면 기억 밑바닥에 들러붙어서 떨어지지 않을 임팩트가 있었다.

하지만 사무소 안쪽에 앉아 있던 쿠루미는 전혀 동요하지 않으며 소녀를 향해 눈을 살짝 부라리기만 했다.

“마츠리카 양을 새에 비유하면 해 뜰 녘의 수탉이군요.”

“하다못해 암컷으로 비유해주시지 않겠어요~?!”

쿠루미의 말을 들은 소녀— 스카라베 마츠리카는 더는 못 참겠다는 듯이 새된 목소리로 그렇게 외쳤다.

“그것보다, 대체 무슨 일이죠?”

“아! 이것 좀 보세요! 1층 우편함에 들어 있었답니다!”

그렇게 마츠리카는 손에 들고 있던 것을 책상 위에 뒀다.

그것은 두꺼운 종이로 만든 봉투였다. 표면에 『토키사키 탐정사 토키사키 쿠루미 님』이라고 받는 사람의 이름이 인쇄체로 적혀 있었다. 이미 봉투 상단부가 깨끗하게 뜯어져 있었으며, 안에 들어 있는 종이가 얼굴을 내밀고 있었다.

"제 앞으로 온 편지를 먼저 개봉해보는 건 좀 그렇지 않나요?"

"그 점에 있어서는 면목이 없답니다!"

쿠루미가 그 점을 지적하자, 마츠리카는 멋들어진 포즈를 취하면서「하지만」하고 말을 이었다.

"위험물이 들어 있을 가능성을 부정할 수 없기에, X선과 내시경으로 내부를 조사한 후에 개봉했어요!"

"……그랬군요."

쿠루미는 눈을 가늘게 뜨더니, 더는 불만을 입에 담지 않고 봉투를 손에 쥐었다.

무슨 말을 해봤자 소용없다고 체념하기도 했지만, 마음 한편으로는 마츠리카의 말에도 일리가 있다고 여긴 것이다.

적어도 이 편지를 보낸 이는 쿠루미가 여기에 탐정사무소를 차렸다는 것을 아는 인물이다. 쿠루미와 마츠리카의 활동을 생각하면, 신중하게 행동하는 편이 나을 것이다.

"봉투에 보낸 사람의 이름이 적혀 있지 않군요. ―내용은 확인했나요?"

"네. 쿠루미 양도 보세요."

마츠리카는 재촉하듯 고개를 끄덕였다. 쿠루미는 봉투 안에서 세 번 접힌 편지를 꺼낸 후, 읽어보았다.

거기에는 무기질적인 인쇄체로 이렇게 적혀 있었다.

『초대장

토키사키 탐정사 토키사키 쿠루미 님

10월 20일 오후 일곱 시, 아래 장소에서 아티팩트 옥션이 개최됩니다.

부디 참석해서 자리를 빛내주십시오.』

“초대장……이군요. 날짜는 내일 밤— 참 갑작스러운 이야기네요.”

쿠루미가 중얼거리듯 그렇게 말하자, 마츠리카는 진땀을 흘리며 고개를 끄덕였다.

“네. 게다가 아티팩트의 옥션이라고 하는군요. ……어떻게 생각하시나요?”

“수상한 데도 정도가 있는 법이죠. 하지만…….”

쿠루미는 생각에 잠기듯 턱을 매만진 후, 말을 이었다.

“적어도 이 초대장을 보낸 이는, 저희가 아티팩트를 수집하고 있다는 사실을 아는 건 틀림없어요. 진의는 모르겠지만, 저희가 아티팩트를 원한다는 것을 알면서 접촉을 시도해온 거죠…….”

“그렇……겠죠.”

“게다가 이런 옥션이 진짜로 열린다면, 생각해볼 수 있는 가능성은 크게 네 가지예요."

그렇게 말한 쿠루미는 손가락 하나를 세웠다.

"첫 번째는, 이 편지를 보낸 이가 마츠리카 양처럼 아티팩트를 보유한 마술사의 후예일 가능성. 저희가 아티팩트를 원한다는 사실을 알고, 비싼 가격에 팔 생각으로 초대한 거예요."

"그래요……. 확실히 모든 아티팩트를 저희 저택에서 소유하고 있는 건 아니니까요."

마츠리카는 납득했다는 듯이 고개를 끄덕였다. 쿠루미는 손가락을 하나 더 세웠다.

"두 번째는, 이 편지를 보낸 이가 지금까지의 범인처럼 스카라베 저택 습격범에게서 소포를 받았을 가능성이랍니다."

"그것도 충분히 있을 수 있는 일이군요. 하지만 모처럼 손에 넣은 귀중한 아티팩트를 팔려고 하다니……."

"마츠리카 양은 믿기지 않을지도 모르지만, 이 세상에는 인지를 초월한 아티팩트보다 돈을 더 원하는 사람도 적지 않답니다."

마츠리카는 그 말을 듣더니, 놀란 듯한 표정을 지었다.

명가의 영애인 그녀는 실감이 나지 않을지도 모르지만, 그녀가 납득할 때까지 설명해줄 마음은 들지 않았다. 쿠루미는 이야기를 이어가려는 듯이 손가락을 하나 더 세웠다.

"다른 하나는 저희처럼 스카라베 저택에서 잃은 아티팩

트를 모으고 있는 인물일 가능성이에요."

"저희처럼……?"

"네. 스카라베 저택 습격범의 목적은 아직 모르지만, 훔친 아티팩트를 다양한 분들에게 보낸 것은 분명하죠. 그렇다면, 저희처럼 그 존재를 눈치챈 자가 그것을 모으더라도 이상할 것은 없답니다."

"그, 그 말은 쿠루미 양의 라이벌— 서쪽의 명탐정이 존재한다는 건가요?!"

"진짜로 서쪽에 있는지는 확실치 않지만 말이죠."

쿠루미가 땀을 삐질삐질 흘리며 그렇게 말하자, 마츠리카는 흥분한 어조로 물었다.

"그럼, 마지막 하나는 뭔가요?"

"네. 마지막 하나는—."

쿠루미는 네 번째 손가락을 세우더니, 눈을 가늘게 떠서 날카로운 눈길을 머금으며 말을 이었다.

"옥션을 개최한 자가, 스카라베 저택 습격범 본인일 가능성이죠—."

"네……?!"

쿠루미가 그렇게 말하자, 마츠리카는 숨을 삼켰다.

"저, 저희 저택에서 아티팩트를 훔쳐간 범인이……?!"

"네. 옥션을 개최할 수 있을 만큼 많은 아티팩트를 가졌을 뿐만 아니라, 아티팩트를 수집하는 저희들— 정확히는 스카라베 가문의 일원인 마츠리카 양을 알고 있다. 그 조건을 충족시키는 사람일 테니까요."

"……그렇군요. 하지만, 어째서 이런 짓을 벌인 걸까요?!"

"목적까지는 알 수 없답니다. 하지만 모처럼 훔친 아티팩트를 불특정 다수의 분들에게 보내는 행동 자체가 불합리하지 않나요?"

"그, 그건…… 그렇군요."

이마에 땀방울이 맺힌 마츠리카가 팔짱을 꼈다. 쿠루미는「뭐」하며 말을 이었다.

"물론 그럴 경우, 저희가 수집한 아티팩트를 빼앗기 위한 함정일 가능성도 충분히 있을 테죠—."

"……!"

마츠리카는 눈을 치켜뜨더니, 곧 미간을 찌푸렸다.

"마, 맞아요. 듣고 보니 그렇군요. ……설령 개최자가 습격범이 아닐지라도, 함정일 가능성이 크지 않을까요……?"

"어머, 용케 그 점을 눈치챘군요. 대단해요."

쿠루미가 미소를 머금으며 박수를 치자, 마츠리카는 멋쩍은 듯이 머리를 긁적였다.

"이야~, 이래 봬도 쿠루미 양의 곁에서 여러 사건을 지켜봐 왔으니까요……. 아니, 그것보다!"

마츠리카는 고개를 세차게 저었다.

"위험하잖아요! 섶을 지고 불로 들어가려 하는 거나 다름없어요!"
"네. 맞는 말이랍니다. 매우 위험천만하죠."
하지만, 하고 쿠루미는 말을 이었다.
"저는, 이 옥션에 참가할까 해요—."
"네……?! 어째서죠?!"
"생각해보세요. 만약 이 편지의 내용이 사실일 경우, 옥션에 참가하지 않는다는 건 아티팩트를 손에 넣을 기회를 내팽개치는 것이나 다름없답니다. —게다가, 이건 『거래』가 아니라 『옥션』이란 점이 중요하죠."
"무, 무슨 말이죠……?"
마츠리카는 당혹스러워하며 물었다. 쿠루미는 입술을 미소 형태로 일그러뜨리며 고개를 끄덕였다.
"옥션이란, 아시다시피 경매랍니다. 출품된 물건을 원하는 손님들이 가격을 매기고, 더 비싼 가격을 제시한 쪽이 낙찰을 받는다—. 즉, 이 옥션에는 저희 말고도 아티팩트를 원하는 손님이 초대될 가능성이 크다는 거죠."
"아……!"
마츠리카가 화들짝 놀라며 어깨를 부르르 떨었다.
쿠루미는 고개를 끄덕이며 말을 이었다.
"그래요. 개최자가 누구든, 아티팩트에 관해 아는 이들이 그 자리에 모일 건 분명하답니다. 그 안에는 아티팩트를 보유한 사람도 있겠죠. 스카라베 저택 습격범 혹은 그

관계자가 참가할 가능성도 있어요. 아티팩트를 손에 넣지 못할지라도, 그런 정보라면 천금의 가치가 있을 것 같지 않나요?"

"화, 확실히…… 하지만, 그건 이 옥션이 진짜일 경우의 이야기 아닌가요? 만약 저희가 그런 생각을 할 거라고 고려하며 짠 함정이라면……."

마츠리카가 불안한 어조로 그렇게 말하자, 쿠루미는 씨익 미소 지었다.

"그때는 함정을 통째로 박살을 내버리면 된답니다. 그러면 적어도, 저희를 노린 범인의 정보를 손에 넣을 수 있겠죠."

"아……!"

쿠루미가 그렇게 말하자, 마츠리카는 눈이 번쩍 뜨인 듯한 표정을 지었다.

그리고 고개를 약간 숙이는가 싶더니, 크큭 하고 웃음을 흘리기 시작했다.

"후, 후후후……, 오~호호호호호호호호호!"

마츠리카가 고개를 들었다. 그녀의 표정에서는 불안이나 망설임을 찾아볼 수 없었다.

"쿠루미 양의 말씀이 옳답니다! 호랑이를 잡으려면 호랑이 굴에 들어가야 하는 법이죠! 마츠리카는 이번에 호랑이가 되겠어요~!"

그리고 평소처럼, 새되고 힘찬 목소리로 그렇게 외쳤다.

"즉시 준비에 착수하겠어요! 보아하니 옥션이 열리는 장소는 외딴섬인 것 같군요! 배를 빌려야겠어요! 집합 장소와 시간이 정해지면 다시 연락을 드리죠!"

마츠리카는 힘찬 목소리로 그렇게 말하더니, 쿠루미의 말을 끝까지 듣지도 않고 힘차게 사무소를 나섰다.

"마츠리카 양, 마츠리카 양—."

"으음?!"

토키사키 탐정사가 있는 상가 빌딩을 나선 마츠리카는 빌딩 근처에서 기다리고 있던 차에 타려다, 자신을 부르는 목소리를 듣고 고개를 돌렸다.

그러자 2층의 창문을 통해 얼굴을 내민 쿠루미의 모습이 눈에 들어왔다.

"앗, 쿠루미 양! 혹시 볼일이 남았나요?!"

"중요한 볼일은 아니랍니다. 그저—."

바로 그때, 쿠루미의 말을 막듯이 어딘가에서 자동차 경적이 들려왔다.

마츠리카는 귀에 손을 대며 미간을 찌푸렸다.

"죄송하지만, 전혀 들리지 않았답니다! 다시 한번 말씀해주세요!"

"별건 아니랍니다—. 아까 배를 준비하겠다고 했잖아요?

저는 배멀미를 심하게 하는 편이니, 너무 흔들리지 않는 배라면 좋겠군요."

"그런가요! 맡겨만 주세요! 호화 여객선을 준비하겠어요!"

"……아뇨. 그건 눈길을 너무 끌 테고 정박도 힘들 테니, 적당한 크기의 배로 부탁드려요."

"그것도 그렇군요! 알겠어요~!"

마츠리카는 활기차게 대답하더니, 몸을 빙글 돌려서 차에 탔다.

◇

—옥션 당일.

쿠루미와 마츠리카는 편지에 적힌 옥션 장소에 도착했다.

본토에서 페리로 두 시간 거리에 있는 조그마한 외딴섬이다. 그 한가운데에는 서양식 저택이 있었다. 평소에는 사람들이 거의 드나들지 않는 것 같았다. 검게 변한 지붕과 덩굴에 휘감긴 벽면은 유령 저택 같은 불길함을 자아내고 있었다.

이렇게 교통이 불편한 장소에 저택을 지은 것만 봐도, 이 저택의 주인은 범상치 않은 인물인 게 틀림없다. 열광적인 미스터리 팬, 아니면 오래된 성 애호가…… 혹은 사람들의 눈길을 피하고 싶은 회합 자리를 정기적으로 개최하는 걸지도 모른다.

"여러모로 참 그럴듯한 공간이군요."

호화로우면서도 섬뜩한 그 저택을 올려다보면서 쿠루미는 한숨을 내쉬었다.

그런 그녀의 옆에 선 마츠리카는 자신만만한 미소를 머금으며 가슴을 폈다.

"네! 저희에게 딱 어울리는 무대랍니다!"

"우후후, 용감하군요. 초대장을 받았을 때만 해도 그렇게 당황했으면서 말이에요."

"훗. 각오를 다진 저는 호랑이가 됐으니까요!"

"낯가림이 심한 자존심을 지닌 것 같군요."

"프라이드는 높을수록 좋은 법이랍니다!"

그렇게 말한 마츠리카는 오~호호호! 하고 웃음을 터뜨렸다. 쿠루미는 쓴웃음을 머금더니, 곳곳에 잡초가 자라고 있는 포장도로를 따라 걸으면서 저택으로 향했다.

그리고 저택 입구에 당도하자, 그곳에 서 있던 턱시도 차림의 남성이 공손히 예를 표했다.

"오시느라 수고 많으셨습니다—. 초대장을 보여주시겠습니까?"

"네, 물론이죠."

짤막하게 답한 쿠루미는 손에 들고 있던 핸드백에서 예의 봉투를 꺼냈다.

남성은 그 봉투를 확인하더니, 다시 깊이 고개를 숙였다.

"토키사키 탐정사, 토키사키 쿠루미 님과 일행이신 스카라베 마츠리카 님이시군요. 기다리고 있었습니다. 이쪽으로 오시죠."

남성은 그렇게 말하면서 문을 열더니, 안으로 안내했다.

쿠루미와 마츠리카는 시선을 한 번 교환하면서 살며시 고개를 끄덕인 후, 저택 안으로 발을 들였다.

저택 안은 밖에서 볼 때와 인상이 달랐다. 내부 디자인과 장식은 밖에서 볼 때와 별반 다르지 않지만, 구석구석까지 손질과 청소가 되어 있었다. 어쩌면 저택 외부는 일부러 방치해둔 것일지도 모른다. 주인의 취향인지, 방문자에게 위압감을 주기 위해서인지, 혹은 밖에서 본 이들에게 이 저택은 지금 쓰이지 않는다는 인상을 주기 위해서인지는 알 수 없지만 말이다.

"—옥션은 곧 시작될 예정이니, 그때까지 이 방에서 기다려주십시오."

기나긴 복도를 나아간 후, 남자는 복도 끝에 있는 커다란 문을 열며 그렇게 말했다.

고래를 살짝 숙인 후, 그 문 안으로 들어갔다.

문 너머는 넓은 홀이었다. 안쪽이 무대처럼 되어 있었고, 커튼이 쳐져 있었다. 그리고 그쪽을 향해, 다수의 의자가 배치되어 있었다.

""""……""""

그곳에는 먼저 온 손님이 네 명 있었다.

쿠루미 일행이 홀에 들어선 순간, 전원의 시선이 두 사람을 향했다.

한 명은, 수염을 기른 온화한 인상의 노신사.

한 명은, 고급스러운 정장을 입은 서른 살 정도의 남성.

한 명은, 머리카락을 두 갈래로 나눠 묶은 고등학생 정도의 여자아이.

마지막 한 명은— 칠흑빛 장발과 수정 같은 몽환적인 두 눈동자가 인상적인, 쿠루미 일행과 비슷한 또래로 보이는 소녀였다. 어찌된 건지, 검은색 장갑을 끼고 있었다.

나이와 성별이 제각각인 네 사람은 마치 미리 짜기라도 한 타이밍에 쿠루미 일행에게서 시선을 떼더니, 다시 무대를 쳐다봤다.

그런 세례를 받아서 그런지, 마츠리카는 마른 침을 삼키며 작은 목소리로 쿠루미에게 말했다.

"……이분들이 오늘 저희와 경쟁을 할 옥션 참가자일까요? 오른쪽의 남성분들은 그렇다쳐도, 왼쪽의 아가씨들은 좀 의외군요. 너무 젊어 보인다고나 할까……."

"그런가요? 겉모습과 실제 나이가 같지 않을 수 있다는 건 『뱀피르』 사건으로 통감했지 않나요?"

쿠루미가 그렇게 말하자, 마츠리카는 눈을 치켜떴다.

"그것도 그렇군요. 그 말을 듣고 보니, 저분에게서는 외모에 어울리지 않는 노회함이 느껴지는 것도 같아요. 혹시 아티팩트를 써서 젊은 모습으로 꾸민 걸까요……?"

"……."

그 말에 답하듯, 머리카락을 두 갈래로 나눠 묶은 여자애가 마츠리카를 노려봤다.

어쩌면 방금 한 말을 들은 걸지도 모른다. 마츠리카는 히익 하며 숨을 삼키더니, 쿠루미의 등 뒤에 숨었다.

"조심하세요. 마츠리카 양은 목소리가 참 크니까 말이에요."

"……명심하겠어요."

마츠리카는 미안하다는 투로 그렇게 말했다. 그 목소리는 아까보다 작았다.

그런 마츠리카와 함께, 근처에 있는 자리에 앉았다.

바로 그때, 마츠리카의 눈썹이 희미하게 떨렸다.

"어머? 저분은……."

"왜 그러시죠?"

"아, 그게 다른 한 아가씨 말인데요. 저분, 어디서 본 적이 있지 않나요?"

"흐음……?"

쿠루미는 칠흑빛 머리카락을 지닌 소녀를 쳐다보더니, 천천히 고개를 저었다.

"아뇨. 저는 본 적이 없는 분이군요. 혹시 아는 사이인가

요?"

"아, 그렇지는 않은데 말이죠……."

마츠리카는 미간을 찌푸리며 고개를 저었다.

쿠루미는 숨을 내쉬더니, 화제를 돌리려는 듯이 말을 이었다.

"그것보다, 이참에 확인해두고 싶은 게 있답니다."

"네? 아, 네. 뭔가요?"

"단순한 이야기랍니다. 이제부터 열리는 옥션에서 얼마까지 써도 되는가, 라는 점이죠."

쿠루미는 눈을 가늘게 뜨면서 작은 목소리로 물었다.

"만약 진짜로 아티팩트가 출품된다면, 스카라베 가문이 도난을 당한 것이든 아니든 간에 가능한 한 입수해 두고 싶답니다. 하지만 이것은 일대일의 거래가 아니라 옥션이죠. 군자금이 어느 정도인지 미리 알아두고 싶군요."

"아— 맞는 말이에요."

마츠리카는 고개를 끄덕이더니, 쿠루미를 향해 손짓을 했다.

그러자 쿠루미는 마츠리카를 향해 귀를 내밀었다. 마츠리카는 그런 쿠루미의 귓가로 입을 가져가더니, 작은 목소리로 금액을 말했다.

"푸읍……!"

쿠루미는 그 말을 듣고 사레가 들리고 말았다.

"어머. 쿠루미 양, 괜찮으신가요?"

"아, 네……. 좀 놀랐을 뿐이랍니다."

쿠루미가 그렇게 말하자, 마츠리카는 약간 불안한 듯이 미간을 찌푸렸다.

"혹시 부족할까요……?"

"아뇨, 충분하지 않을까요……."

쿠루미가 진땀을 흘리며 그렇게 말한 순간…….

홀이 갑자기 어두워지더니, 스포트라이트가 앞쪽의 무대를 비추면서 커튼이 좌우로 걷혔다.

그리고 나이트드레스 차림에 얼굴의 위쪽 절반을 가면으로 가린 여성이 단상에 나타났다.

"—여러분. 오랫동안 기다리셨습니다. 이제부터 시크릿 옥션을 개최하겠습니다. 전 세계에서 고르고 또 고른 명품과 진품을 가져왔습니다. 여러분의 마음에 드시는 것이 있다면, 부디 경매에 참여해주시길."

가면을 쓴 여성이 예를 표하자, 참가자들이 작게 박수를 쳤다.

"자, 첫 번째 품목입니다."

가면을 쓴 여성은 그렇게 말하면서 손을 들었다. 그러자, 무대 가장자리에서 바니걸 의상을 입은 가면 쓴 소녀 두 사람이 커다란 왜건을 밀면서 나타났다.

일사불란한 움직임을 볼 때, 쌍둥이일 것이다. 차이점은 헤어스타일과 가슴 크기 정도였다.

쌍둥이 바니걸은 무대 중앙으로 걸어오더니, 좌우대칭을 이루는 움직임으로 왜건 위를 덮은 하얀 천을 걷어냈다.

그러자 신비로운 색상의 액체가 담겨 있는, 기묘한 디자인의 조그마한 병이 모습을 드러냈다.

"과거에 마술사가 만들었다고 하는, 신비한 물품— 아티팩트.

그중 하나. 한 모금 마시면 정기가 샘솟고, 두 모금 마시면 온갖 병이 나으며, 세 모금 마시면 고목처럼 노쇠한 육체가 어린나무처럼 생기를 되찾습니다.

불사의 술의 이름을 지닌 영약, 『넥타르』입니다."

가면을 쓴 여성이 그렇게 설명하자, 옥션 참가자들이 술렁거렸다.

농담이라고 해도 과언이 아닌 그 설명을 의심하는 걸까— 아니면 저 아티팩트가 진짜로 출품됐다는 사실에 놀란 걸까.

"아……! 쿠루미 양—."

"네……."

쿠루미 또한, 마츠리카의 말에 답하듯 고개를 끄덕였다.

"『넥타르』…… 목록에 있던 아티팩트의 이름이군요."

그렇다. 영약 『넥타르』. 그것은 『뱀피르』 사건에서 쓰인 것으로 의심했던 아티팩트다.

"그렇다면 이 옥션의 주최자는 저희 저택을 습격한 범

인, 혹은 범인으로부터 소포를 받은 인물……인 걸까요?"

"그것은 아직 알 수 없군요. 만약『넥타르』가 다수 제조됐다면, 마츠리카 양의 저택에서 보관하고 있던 것이 맞는지 판별할 수 없을 테니까요."

"확실히, 그 말이 맞아요……. 저도 모든 아티팩트를 확인해본 것은 아닌 만큼, 겉모습까지는 모르니까요."

"하지만—."

"네."

쿠루미가 의향을 묻는 듯한 시선을 보내자, 마츠리카는 「전력으로」라고 말하듯 고개를 끄덕였다.

그에 맞춘 것처럼, 가면을 쓴 여성이 입을 열었다.

"그럼, 1,000만 엔으로— 시작하겠습니다."

조그마한 병에 든 약의 가격치고는 상상을 초월했다.

하지만 가면을 쓴 여성이 그렇게 말한 순간, 의자에 앉아 있던 참가자들이 차례차례 손을 들었다.

"1,500만."

"2,000만."

"2,800만."

"4,000만."

점점 가격이 올라갔다.

그것은 이 자리에 있는 옥션 참가자들이, 단상에 있는 저 수상한 약이 진짜라고 믿어 의심치 않는다는 것을 의미했다.

쿠루미는 천천히 손을 들더니, 차분한 어조로 말했다.

"3억—."

""""……!""""

쿠루미가 그렇게 말하자, 참가자들은 숨을 삼켰다.

무리도 아니다. 이제까지의 가격 상승 폭을 한참 능가하는 금액이 갑자기 제시된 것이다.

하지만, 이것으로 됐다. 쪼잔하게 경쟁을 할 바에야, 대항하려는 상대의 기를 꺾는 편이 결과적으로 쿠루미에게 유리하게 작용할 가능성이 컸다. 그것은 이 물품만이 아니라, 다른 물품에 있어서도 마찬가지다.

물론 그것은 스카라베 가문의 어마어마한 자금이 있기에 가능한 파워 플레이지만 말이다.

"3억 1,000만……."

"3억 3,000만."

"3억 5,000만—."

"5억이에요—."

그런데도 경쟁을 이어가려 하는 참가자들을 찍어누르듯이, 쿠루미는 당당한 목소리로 말했다.

그런 쿠루미의 기백에 압도당한 건지, 참가자들은 입을 다물었다.

"5억. 금액을 제시하실 분 있으십니까? 없으신지요? 그럼, 5억 엔에 낙찰입니다."

가면을 쓴 여성이 선언했다. 낙찰을 축복하듯, 쌍둥이 바니걸이 박수를 쳤다.

"자, 그럼 다음 물품의 경매를 진행하겠습니다. 이번에도 신비한 힘을 지닌 진귀한 물건입니다—."

가면을 쓴 여성의 말에 맞춰, 쌍둥이 바니걸이 다음 왜건을 옮겨왔다.

그렇게, 기묘한 옥션은 계속 이어졌다.

"그럼, 다음 물품입니다."

낙찰된 물품이 무대 뒤편으로 옮겨지더니, 다음 왜건이 무대 중앙으로 옮겨졌다.

옥션이 시작되고 얼마나 시간이 흘렀을까. 현재 경매된 물품은 총 열 개다. 그리고 전부 쿠루미가 낙찰을 받아냈다.

그 안에는 목록에 없던 것과, 진위가 수상한 것도 있었다. 하지만 마츠리카에게 눈길을 보내보니 「GO랍니다!」라고 말하듯 고개를 끄덕였기에, 전력으로 낙찰을 받아냈다.

전부 낙찰을 받아내는 건 좀 과했는지 아까부터 다른 참가자들이 힐끔힐끔 쳐다봤지만, 마츠리카는 전혀 개의치 않았다. 많은 아티팩트를 입수해서 그런지, 미소를 머금고 있었다. 스카라베 저택 습격범이 이곳에 있을지도 모른다는 점마저 까맣게 잊은 눈치였다.

"우후후. 자, 다음 물품은 뭘까요? 참 기대되는군요!"

그런 마츠리카의 말에 답하듯, 왜건을 덮은 천이 걷혔다.

거기에 놓여 있는 건 정교하게 세공된, 금으로 된 회중시계였다.

"흘러가버린 그 광경을 다시 보고 싶다―. 어둠에 휩싸인 진실을 해명하고 싶다. 누구라도 한 번은 그런 생각을 해보지 않았을까요.

북유럽 신화, 운명의 세 여신 중 한 명의 이름을 지닌 아티팩트 『우르드의 시계』. 이 시계는 그런 당신의 소망을 이뤄줄 겁니다.

이 시계에 과거의 시각을 세팅하면, 그 시각에 그 장소에서 일어난 사상만이 아니라 대상의 과거 모습을 볼 수 있다고 하죠."

가면을 쓴 여성이 그렇게 설명하자, 참가자들이 반색했다.

그것도 무리는 아닐 것이다. 만약 진짜로 그게 가능하다면, 그 어떤 비밀조차도 손에 넣을 수 있다. 권력자의 약점을 쥐는 것도 식은 죽 먹기이리라. 인간은 누구에게나 숨기고 싶은 과거를 한두 개쯤 가지고 있다. 잘만 이용한다면 어마어마한 부를 거머쥐게 해줄 게 틀림없다.

거꾸로 말하자면, 악의를 지닌 인물이 손에 넣게 하기에는 너무 위험한 아티팩트다. 거금을 들여서라도 자신의 눈길이 닿는 곳에 두고 싶은 물건이다. ―쿠루미가 악의를 지니고 있지 않으냐면, 꼭 그렇지는 않지만 말이다.

"그럼 1억으로― 시작하겠습니다."

가면을 쓴 여성이 재촉하듯 그렇게 말했다. 그러자 참가자들이 차례차례 손을 들었다.

"2억."

"4억."

"5억."

"7억."

빠른 페이스로 금액이 올라갔다.

쿠루미는 이제까지와 마찬가지로 참가자들을 압도하기 위해, 손을 들려고 했다.

"20―."

하지만 바로 그때, 쿠루미는 움직임과 말을 멈췄다.

이유는 단순했다. 옆에 앉아 있던 마츠리카가 쿠루미의 손을 잡은 것이다.

"마츠리카 양……?"

쿠루미가 눈을 깜빡이며 그렇게 말하자, 마츠리카는 이마에 땀방울이 맺힌 채 고개를 저었다.

"스톱이에요, 쿠루미 양……. 저건 낙찰해선 안 돼요."

"흠…… 이유는 알려주시겠어요?"

쿠루미가 묻자, 마츠리카는 다른 참가자들에게 들리지

않도록 작은 목소리로 말했다.

"저건, 아마…… 가짜일 거예요."

"어머나, 어머나……."

마츠리카가 그렇게 말하자, 쿠루미는 눈을 가늘게 떴다.

왜건 위에는 정교하게 만들어진 시계가, 스포트라이트를 받아서 빛나고 있었다. 쿠루미의 눈에는 이제까지 나온 물품과 결정적인 차이점을 찾을 수 없었다.

"그렇게 단언하시는 걸 보면, 근거가 있는 건가요?"

"네, 물론이랍니다……."

"그 근거가 대체 뭐죠?"

"저, 저런 건, 제 목록에 없었으니까요."

쿠루미는 그 말을 듣더니, 턱을 매만지며 대꾸했다.

"이상한 이야기군요. 이제까지도 목록에 없었던 물품이 있었잖아요? 게다가 한눈에 봐도 진위가 수상한 물품도 있었죠. 그런데, 왜 이제 와서 그런 걸 신경 쓰시는 거죠? 군자금에는 아직 여유가 있지 않나요?"

"그건……."

마츠리카는 말끝을 흐렸다.

쿠루미는 마츠리카의 얼굴을 들여다보듯 쳐다보며 말을 이었다.

"마치 『우르드의 시계』— 과거를 들여다볼 수 있는 아티팩트가 제 손에 넘어가는 것을 두려워하는 것처럼 보이는군요."

"……?!"

쿠루미가 그렇게 말하자, 마츠리카의 얼굴이 땀으로 범벅이 됐다.

"어머나. 혹시 정곡을 찔렀나요? 우후후, 하지만 그런 걱정을 할 필요는 없답니다. 사람이라면 누구나, 밝히고 싶지 않은 과거가 있기 마련이니까요. 저도 함부로 남의 과거를 들여다볼 생각은 없답니다."

"그, 그런가요……?"

쿠루미가 그렇게 말하자, 마츠리카의 긴장이 아주 약간 풀렸다.

쿠루미는 입술을 초승달 모양으로 일그러뜨리며 말을 이었다.

"네. 저는 그저— 불타버린 스카라베 저택 창고 터에서, 저 시계를 쓸 생각이랍니다."

"——."

그 말을 들은 순간, 마츠리카의 얼굴이 다시 굳어졌다.

그 반응을 본 쿠루미는 연기를 하는 듯한 톤으로 말을 이었다.

"어머어머. 안색이 좋지 않군요, 마츠리카 양. 괜찮으신가요?"

"아, 네. 그것보다 왜, 그런 일을……?"

"이상한 질문이군요. 스카라베 저택의 창고 터는 아티팩트를 도둑맞은 범행 현장이랍니다. 사건 당일에 거기서 일어난 일을 확인한다면, 이제까지 어둠에 싸여 있던 스카라베 저택 습격범의 정체가 명백해질지도 모르죠. 아무리 마츠리카 양이라도, 여기까지 생각이 미치지 않았을 리가 없을 텐데요?"

아니면, 하고 말한 쿠루미는 날카로운 시선을 던졌다.

"창고 터를 조사하면 안 되는 이유라도 있나요? ―설마, 저한테 숨기고 있는 게 있는 건가요?"

"무, 무슨 소리예요……! 그런 게 있을 리 없잖아요!"

무심코 그렇게 외친 듯한 마츠리카는 의자에서 벌떡 일어섰다. 옥션 참가자와 무대 위에 있는 이들이 놀란 듯한 눈길로 마츠리카를 쳐다봤다.

"어머, 왜 그렇게 당황하시는 거죠? 진정하세요."

"당황하지 않았어요. 저는 그저, 가짜인 게 뻔한 물건을 낙찰받는 건 괜한 짓이라고 말하고 있을 뿐이랍니다!"

"손님……. 옥션 중이니 언성을 낮춰 주십시오."

가면을 쓴 여성이 무대 위에서 주의를 줬다. 갑자기 소란을 피울 뿐만 아니라, 경매 중인 물품이 가짜라고 말한 것이다. 당연하다면 당연한 조치였다.

마츠리카는 발끈한 것처럼 어깨를 들썩이면서, 가면을 쓴 여성 쪽을 쳐다봤다.

"실례했군요—. 하지만 저희는 이번 물품의 경매에 참여하지 않겠어요. 다른 분들끼리 즐겨주세요."

마츠리카는 딱 잘라 그렇게 말했다. 그러자 쿠루미는 「어머나」 하고 말하며 일부러 눈을 동그랗게 떴다.

"왜 그러시나요, 마츠리카 양. 당신답지 않은 행동이군요."

"제 마음이에요……! 경매 자금은 제 돈이니까요!"

마츠리카가 날카로운 눈빛으로 그렇게 말하자, 쿠루미는 어깨를 으쓱했다.

"하긴, 틀린 말은 아니죠. 스폰서께서 반대하시니, 더는 고집을 피울 수 없겠군요."

그렇게 말한 쿠루미는 단상에 눈길을 보내며 계속 진행하라는 듯이 손을 살짝 들어 보였다.

그러자 가면을 쓴 여성은 당혹스러운 눈길로 쳐다보면서도, 작게 헛기침을 한 후에 경매를 진행했다.

"그럼…… 현재 최고가는 25억 5,000만 엔입니다. 참가하실 분 계신가요?"

"26억—!"

그 말을 기다렸다는 듯이, 칠흑빛 머리카락을 지닌 소녀가 힘찬 목소리로 외쳤다.

다른 참가자들은 잠시 망설이는 듯한 반응을 보였지만, 이윽고 체념 섞인 한숨을 내쉬었다.

"26억. 다른 분 없으십니까? 그럼, 낙찰입니다."

가면을 쓴 여성이 선언하자, 쌍둥이 바니걸이 박수를 쳤다.

칠흑빛 머리카락의 소녀가 장갑을 낀 손으로 주먹을 꼭 말아쥐었다.

"……."

그 모습을 본 마츠리카는 안도의 한숨을 내쉬더니, 의자에 다시 앉았다.

그사이, 마츠리카는 쿠루미를 한 번도 쳐다보지 않았다. ―마치 시선을 마주했다간, 자신의 마음속 깊은 곳까지 전부 간파당할 거라고 여기는 것처럼 말이다.

하지만―.

"자, 그럼 다음이 마지막 물품이 되겠습니다."

가면을 쓴 여성이 그렇게 말하고, 다음 물품이 나온 순간…….

"아니―."

마츠리카의 얼굴이, 또 구슬 같은 땀방울로 뒤덮였다.

―그 물품은 바로, 한 벌의 옷이었다.

그림자와 피로 물들인 듯한 색깔을 띤, 고딕 롤리타 스타일의 드레스다. 헤드 드레스와 손목 위까지 오는 장갑, 부츠까지 갖춰진 그 드레스는 기묘한 박력을 자아내고 있었다.

"〈신위영장(엘로힘) 3번〉―. 과거에 세계에 나타났다고 하는 특수재해 지정 생명체, 정령. 그중 하나인 〈나이트메어〉라

불린 개체가 걸쳤다는 마성의 옷입니다. 이것을 입은 자는 그림자 안으로 들어갈 수 있다고 합니다—."

가면을 쓴 여성이 물품을 설명했다.

그 와중에 마츠리카는 눈알이 튀어나올 것만 같을 정도로 눈을 치켜뜨더니, 손가락을 부들부들 떨고 있었다.

"저, 저건…… 어째서 저게 이런 곳에……."

"어머나, 어머나—."

그런 마츠리카의 얼굴을 들여다보듯 쳐다보면서, 쿠루미는 진심으로 즐겁다는 듯이 표정을 일그러뜨렸다.

"왜 그러시나요, 마츠리카 양. 설마 저 물품이 눈에 익으신 건가요?"

"아, 아뇨……! 그렇지는……."

마츠리카는 시선을 피하며 떨리는 목소리로 그렇게 말했다. 평범하지 않은 태도가 명백했다.

하지만 쿠루미는 팔짱을 끼더니, 크게 고개를 끄덕이며 말했다.

"하긴, 그렇겠죠. 보세요. 딱 봐도 눈살이 찌푸려지는 디자인이지 않나요? 저렇게 부끄러운 걸 어떻게 입고 다니겠어요."

"네—?!"

쿠루미가 그렇게 말하자, 마츠리카는 화들짝 놀라며 그녀를 돌아봤다.

쿠루미는 재미있어서 어쩔 줄 모르겠다는 듯이 말을 이었다.

"어머, 마츠리카 양. 왜 그러시죠? 마치 소중히 간직해 뒀던 보물을 헐뜯기기라도 한 듯한 반응이군요."

"쿠, 쿠루미 양, 당신……."

마츠리카의 어금니가 소리를 내며 딱딱 부딪혔다.

두 사람이 그러는 사이, 경매가 시작됐다.

"그럼 3억 엔부터— 시작하겠습니다."

"5억."

"7억."

"8억."

"12억."

참가자들이 차례차례 가격을 불렀다. 이제까지보다 훨씬 페이스가 빨랐다.

"앗……! 자, 잠깐만 기다려 주세요!"

그러자 마츠리카는 당황한 투로 고함을 질렀다. 하지만 참가자들은 개의치 않고 담담히 경매를 이어갔다.

"쿠, 쿠루미 양! 경매에 참여하지 않을 건가요?"

"네."

"어째서죠? 이대로 있다간 다른 분이 저걸 차지할 텐데요……?!"

얼굴이 땀으로 범벅이 된 마츠리카가 그렇게 말했다. 그

러자 쿠루미는 눈을 살짝 치켜뜨며 말을 이었다.

"저건— 가짜랍니다."

"네……?"

쿠루미의 말을 들은 마츠리카가 얼이 나간 목소리로 그렇게 말했다.

"아무리 봐도 아티팩트는 아니군요. 평범한 옷— 정확히는 코스프레 의상 같은 것이에요. 저런 걸 입어도 되는 건 아슬아슬하게 고등학생까지겠죠. 설마 마츠리카 양은 저런 것을 가지고 싶은 건가요?"

"그, 그게……."

마츠리카가 우왕좌왕하는 사이에도, 가격은 점점 치솟고 있었다.

"15억."

"20억."

"28억."

"28억—. 더 참여하실 분은 계신가요?"

가면을 쓴 여성이 참가자들의 반응을 살피듯 둘러봤다.

"끄……으……, 끄으으으응……."

마츠리카는 쿠루미의 얼굴과 단상 위의 의상을 번갈아 쳐다보더니, 분하다는 듯이 신음을 흘렸다.

"없으시다면, 낙—."

"3, 30억……!!"

바로 그때, 마츠리카가 손을 들었다.

"30억! 30억이 나왔습니다. 더 참여하실 분은 안 계신 것 같군요. 그럼 낙찰입니다."

가면을 쓴 여성이 그렇게 말하자, 쌍둥이 바니걸이 박수를 쳤다. 마츠리카는 거칠어진 호흡을 가다듬으면서 손을 내렸다.

"뭔가 할 말이 있나요……? 쿠루미 양."

"아뇨, 딱히 없답니다. 마츠리카 양의 돈이니까요. 그렇게 저걸 원한다면, 저한테 말릴 권리는 없죠."

쿠루미가 눈을 살짝 부라리며 그렇게 말했을 때, 그 순간을 기다린 것처럼 무대 위에 있는 가면을 쓴 여성이 입을 열었다.

"이상으로 아티팩트 옥션을 마치겠습니다. 물품을 낙찰받으신 분께서는 수속을 위해 이 자리에 잠시 남아주십시오. 곧 다른 방으로 안내하겠습니다. 다른 분께서는 이만 조심해서 돌아가—."

"잠시 기다려주세요—."

바로 그때였다.

쿠루미가 가면을 쓴 여성의 말을 끊으며 입을 열었다.

"손님, 왜 그러시죠? 죄송하지만, 경매품의 반품은 어렵습니다."

"그게 아니랍니다. —이 자리에 모여 계신 여러분의 시간을 조금 뺏을까 해요."

쿠루미는 그렇게 말하며 자리에서 일어나더니, 다른 이들을 둘러볼 수 있는 위치— 무대 위로 걸어갔다. 그러자 경매 참가자들은 미심쩍은 눈길로 쳐다보며 술렁거렸다.

"뭐, 뭘……."

그런 쿠루미를 본 마츠리카의 표정이 전율에 휩싸였다. 하지만 무리도 아니었다. 쿠루미가 이런 행동을 취하리라는 것을, 마츠리카도 몰랐으니 말이다.

이 자리에 있는 사람들의 주목을 한몸에 받으면서, 쿠루미는 그들과 시선을 마주하듯 홀 안을 둘러본 후에 말을 이었다.

"인사가 늦었답니다. 제 이름은 토키사키 쿠루미. 아티팩트 크라임을 전문으로 하는— 탐정 같은 일을 하고 있어요."

이 자리에 있는 이들이 더욱 술렁거렸다. 그 모습을 본 쿠루미는 웃음을 흘렸다.

"안심하세요. 여러분이 아티택트를 소유하고 있을지라도, 그것을 범죄 행위에 쓰지 않는다면 저는 간섭하지 않는답니다. —그 물건이 훔친 것이 아니라면 말이죠."

"무, 무슨 말씀이시죠……?"

가면을 쓴 여성이 당황한 어조로 그렇게 말하자, 쿠루미는 고개를 끄덕이며 말을 이었다.

"지금으로부터 몇 달 전, 마술사의 후예인 스카라베 마츠리카 양의 집안이 습격을 받아서 다수의 아티팩트를 잃었죠. —그리고 그 범인이, 지금 이 자리에 있다는 사실을 알아냈답니다."

""""……!""""

쿠루미가 그렇게 말하자, 이 자리에 있는 이들이 숨을 삼켰다.

당황스러운 분위기가 감도는 가운데, 쿠루미는 천천히 무대를 향해 걸어갔다.

"스카라베 저택을 습격하고, 아티팩트를 훔쳐간 범인. 그자는 바로—."

그리고, 과장스럽게 검지를 치켜들더니, 범인을 가리켰다.

"당신이군요—. **마츠리카 양.**"

그 순간.

경매장은 마치 찬물이라도 끼얹은 것처럼 조용해졌다.

"무슨—."

잠시 후, 쿠루미에게 지목을 당한 마츠리카는 아연실색한 목소리로 말했다.

"무슨 소리를 하시는 건가요, 쿠루미 양. 대체 제가 왜, 자기 가문의 아티팩트를……?"

"실은 처음부터 의문을 느꼈답니다. 어째서 스카라베 저택을 습격한 범인은, 모처럼 손에 넣은 아티팩트를 수많은 이들에게 나눠줬는가. 얼마 전에 친구와 대화를 나누면서 어떤 사실을 눈치챈 저는, 스카라베 저택과 불탄 창고 터를 조사했죠."

"뭐…… 대체 어느새 그런 일을……."

"우후후. 마츠리카 양이 부재중일 때, 잠시 실례했었답니다."

쿠루미는 미소를 머금더니, 「그리고」 하고 덧붙여 말했다.

"그 결과, 저는 한 가지 가능성에 도달했어요. —어쩌면 스카라베 저택을 습격한 범인은 대부분의 아티팩트를 입수하지 못했던 걸지도 모른다, 라는 가능성에 말이죠."

"어, 어째서죠……?"

"간단한 논리랍니다. 아티팩트를 남들에게 나눠준 것은 습격범이 아니라, 진짜 소유자— 정확하게는 그분이 펼친 마술적 안전장치(시큐리티)였던 거예요."

쿠루미는 차분한 발걸음으로 무대 위를 걸으면서 말을 이었다.

"아티팩트는 인지를 초월한 힘을 지닌 아이템이에요. 악의를 지닌 인간의 손에 들어간다면, 큰 문제가 발생하겠죠. 그래서 아티팩트의 진짜 소유자는 누군가가 창고에 들어가서 아티팩트를 강탈하려 할 경우, 자동적으로 신뢰할 수 있는 인물에게 보내지도록 설정해둔 거예요. 분명 창고에 보관될 때부터, 포장이 되어 있었겠죠. 이제까지 해결한 사건의 범인 집에서 압수한 소포의 포장지와 수신인 란에는 하나같이 세월의 흔적이 남아 있었으니까요. 아, 어쩌면 창고에 불을 지른 것 또한 범인이 아니라 진짜 소유자일지도 모르겠군요."

하지만, 하고 말한 쿠루미는 턱에 손가락을 댔다.

"전부 진짜 소유자의 계획대로 풀리지는 않은 것 같군요. 아티팩트의 대피처로 선택한 이들은 전부 신뢰할 수 있는 인물— 자신과 마찬가지로 마술사의 후예였겠지만, 오랜 세월 속에서 세상을 떠난 이들도 다수 존재했답니다. 그리고 자초지종을 모르는 자제분 혹은 손자분들이 우연히 자기 집으로 보내진 아티팩트를 받고, 그 마성의 힘에 매료되어 범죄 행위를 저지르고 말았다……. 이것이, 저희가 이제까지 마주친 아티팩트 크라임의 경위가 아닐까요."

쿠루미는 천천히 고개를 기울이면서, 마츠리카에게 시선을 보냈다.

"자, 만약 당신이 범인이라면 어떻게 하겠어요? 손에 넣으려 했던 아티팩트 대부분이 어디로 갔는지도 알지 못하는 상황에서 말이죠."

"……."

"그렇게 되면— 회수를 하려고 하겠죠. 당신은 저택에 있던 스카라베 가문의 진짜 아가씨를 가둔 후, 암시 능력을 지닌 아티팩트 같은 것을 사용해 그녀 행세를 함으로써 피해자라는 포지션을 손에 넣었어요. 그리고 저라는 협력자를 준비한 후, 이윽고 항간에서 일어날 아티팩트 크라임을 기다리고 있었던 거죠."

"크……."

마츠리카는 쿠루미의 설명을 새파랗게 질린 얼굴로 듣고 있었지만, 이윽고 고개를 세차게 저었다.

"서, 설령 아티팩트가 흩어진 것이 시큐리티에 의한 것일지라도, 어째서 제가 습격범인 게 되는 거죠?! 창고의 아티팩트는 대대로 이어져 내려온 것…… 제 선조님이 비밀리에 그런 대비를 해두셨다면, 제가 어떻게 알겠어요!"

"그래요. 확실히 앞뒤가 맞는 말이군요. 소포를 받은 분 중에도 돌아가신 분이 있는 만큼, 마츠리카 양의 선조님이 그 사실을 전하지 않고 돌아가셨을 가능성도 부정할 수는 없겠죠."

"그, 그렇죠? 전부 억측에 지나지 않아요! 정 그렇게 주장하시려면, 증거를 제시해주세요! 제가 범인이라는, 명확한 증거 말이에요!"

마츠리카는 새된 목소리로 그렇게 외쳤다.

쿠루미는 한숨을 내쉬었다.

"참 뻔뻔하군요. 당신도 이미 눈치채지 않았나요?"

"뭐, 뭘 말이죠?"

"마지막으로 출품된 『정령의 옷』— 그것은, 원래 당신의 것이죠?"

"……!"

마츠리카는 숨을 삼켰다.

"말했을 텐데요? 당신이 자리를 비운 사이에 스카라베 저택을 조사했다고 말이죠. 그건 그때 발견한 숨겨진 방에 있던 것이랍니다. 혹시 똑같은 디자인의 옷이 우연히 출품됐다고 생각했나요? 뭐― 있을 수 없는 이야기라고는 할 수 없죠. 그것은 한때 이 세상에 존재했던 **어느 정령**의 영장을 모방한 레플리카니까요."

그렇게 말한 쿠루미는 눈을 가늘게 떴다.

"참― 놀랐답니다. 마츠리카 양, 설마 당신은 **저**를 알고 있었던 건가요?"

"……."

쿠루미가 그렇게 말하자, 마츠리카는 입을 다물었다. 하지만 그녀의 얼굴에 어린 수많은 땀방울이, 말보다 더 확연하게 그녀의 감정을 이야기해주고 있었다.

"뭐, 좋아요. ―그것보다, 방금 증거라고 하셨죠?"

그렇게 말한 쿠루미는 누군가를 소개하듯 객석을 향해 손을 뻗었다.

그러자 그 말에 맞춘 것처럼, 왼편에 앉아 있던 칠흑빛 머리카락의 소녀가 천천히 자리에서 일어났다. 아까 『우르드의 시계』를 낙찰받은 소녀다.

“어떤가요?”

“네—. 틀림없어요. 저분이 범인이에요.”

쿠루미가 그렇게 묻자, 소녀는 고개를 끄덕이면서 마츠리카를 손가락으로 가리켰다.

“네……?”

마츠리카는 영문을 모르겠다는 것처럼 얼이 나간 표정을 지었다.

“이게 대체 무슨 짓이죠? 저분은 대체 누구인가요?”

“모르겠어요?”

그렇게 말한 쿠루미가 눈짓을 보내자, 소녀는 왼손의 장갑을 벗었다.

그러자 새하얀 손가락이 모습을 드러냈다. —그리고 그 손가락 중 하나에, 요정의 날개 같은 디자인의 반지가 끼워져 있었다.

“아……!『체인질링』. 설마—.”

그것을 본 마츠리카는 뭔가를 눈치챈 것 같았다. 그녀는 눈을 치켜뜨며 숨을 삼켰다.

소녀는 천천히 끼고 있던 반지를 뺐다. 그러자 그녀의 몸이 옅은 빛에 휩싸이더니, 곧 전혀 다른 모습으로 변모했다.

초등학생 정도로 보이는, 조그마한 체구의 여자애였다. 비단실처럼 윤기 넘치는 머리카락과, 두 눈동자를 감추는 안경이 인상적이었다.

"당신은—."

그 모습을 본 마츠리카는 떨리는 목소리로 중얼거렸다.

그 말에 답하듯, 쿠루미는 입을 열었다.

"그래요. 당신이 위장하고 있었던, 스카라베 가문의 진짜 영애랍니다. 『정령의 옷』 레플리카와 마찬가지로, 스카라베 저택의 숨겨진 방에 유폐되어 있던 그녀를 구출했죠. —뭐, 스카라베라는 이름 자체가 당신이 지어낸 것일지도 모르겠지만 말이에요. 마츠리카 양의 얼굴을 가까운 곳에서 확인하기 위해, 『체인질링』을 이용해 일시적으로 다른 사람의 모습이 되어 있었답니다. —거친 일이 벌어질 가능성도 있기에, 제 친구 중에서 가장 튼튼한 분의 머리카락을 빌렸죠."

—자, 하고 말한 쿠루미는 마츠리카를 쳐다봤다.

"체크메이트예요, 마츠리카 양. 할 말이 있다면 더 들어드리죠."

"크……, 으으으……!"

마츠리카는 머리카락을 쥐어뜯으면서, 분하다는 듯이 신음을 흘렸다.

하지만 이윽고 그 신음은 웃음으로 바뀌었다.

"후…… 후후후, 하하하…… 오~호호!"

마츠리카는 크게 숨을 내쉬더니, 우울한 표정으로 머리

카락을 쓸어올렸다.

"아아, 아아…… 쿠루미 양은 역시 대단하네요. 제가 탐정 역할로 선정한 분답군요."

"마츠리카 양. 당신은 대체 왜 이런 일을 꾸민 거죠?"

"제가 마술사의 후예라는 건 거짓말이 아니랍니다……. 뭐, 저 아가씨의 가문처럼 수많은 아티팩트를 보유한 명가는 아니지만 말이죠."

"즉, 아티팩트를 훔쳐서 가문의 위세를 높이려 했다는 건가요?"

쿠루미가 묻자, 마츠리카는 허탈한 눈길을 머금으며 자조 섞인 웃음을 흘렸다.

"결과적으로 그렇게 되는 것을 부정하지는 않겠어요. 하지만, 그것은 어디까지나 부차적인 일이랍니다. 저는— 그래요, 쿠루미 양. 당신이 되고 싶었어요."

"그게 무슨 소리죠……?"

쿠루미가 미심쩍다는 듯이 미간을 찌푸리며 그렇게 묻자, 마츠리카는 우습다는 듯이 어깨를 으쓱했다.

—그것은, 머나먼 과거의 기억이다.

아직 어리던 시절. 마츠리카는 홀로 어둑어둑한 폐공장 안에서 떨고 있었다.

아니— 홀로, 란 말에는 어폐가 있을까. 마츠리카의 주위에는 그녀를 여기로 끌고 온 남자들이 있었다.

그렇다. 대부분의 힘을 잃기는 했지만, 마술사의 후예인 마츠리카는 어릴 적에 유괴 사건에 휘말린 적이 있다.

유괴범은 DEM이란 회사의 관계자였다. 자세한 것은 모르지만, 마츠리카의 아버지가 DEM의 요구를 거부한 탓에 그녀를 이렇게 유괴했다고 한다.

교섭이 결렬된다면, 마츠리카는 살해당할지도 모른다. 어린 마츠리카는 그저 부들부들 떨기만 할 수밖에 없었다.

하지만, 바로 그때였다.

폐공장 안에 그림자가 펼쳐지더니, 그 안에서 한 소녀가 나타나서 남자들을 그림자 안으로 끌고 들어갔다.

'어—.'

남자들의 비명이 울려 퍼지는 가운데, 마츠리카는 눈을 동그랗게 떴다.

그리고 붉은색과 검은색으로 된 드레스를 걸친 소녀가, 마츠리카를 향해 고개를 돌렸다.

「어머나, 어머나…… DEM 여러분이 이런 곳에서 뭘 하나 했더니……. 참 귀여운 미아가 다 있군요.」

소녀는 그렇게 말하더니, 마츠리카를 위협하듯 처절한 미소를 머금었다.

「키히히히히. 당신, 제 얼굴을 봤군요. 자, 어떻게 할까요—.」

마츠리카의 기억은 거기서 끊어졌고—.

다시 정신을 차렸을 때는, 병원 침대 위에 있었다.

"당신은 분명 기억도 하지 못하겠죠. 하긴, 10년도 더 된 일이니까요. 하지만 저에게 있어 그날의 일은, 그 후의 인생이 바뀌고도 남을 만큼 강렬한 체험이었답니다."

"하고 싶은 말이 뭔지 모르겠군요……. 대체 무슨 소리가 하고 싶은 거죠?"

"쿠루미 양. 아니, 정령 〈나이트메어〉. 저는 과거에 정령이었던 당신을 만난 적이 있어요."

"——."

마츠리카가 그렇게 말하자, 쿠루미는 눈을 동그랗게 떴다.

마츠리카는 황홀한 듯한 표정으로 말을 이었다.

"인지를 초월한 그 힘과 무시무시할 정도의 그 아름다움에, 저는 매료되고 말았답니다. 그리고 저는 생각했어요. —저도 『저렇게』 되고 싶다고 말이죠. 그날부터 저는 정령에 관해, 마술에 관해 조사했어요. 저는 스스로가 정령이 되기 위해, 마술의 비의를 갈구했답니다."

"그래요……. 정령이 되기 위해, 인가요."

쿠루미는 우울한 것처럼 한숨을 내쉬더니, 이어서 고개를 내저었다.

"꿈을 망가뜨려서 죄송하지만, 그렇게 좋은 게 아니랍니다."

"그럴지라도, 동경을 관둘 수가 없었어요. —더 세세하게 알고 싶다면, 마음껏 조사해보세요. 『우르드의 시계』를 쓰면, 그 정도는 간단할 테니까요."

"『우르드의 시계』? 아아……."

쿠루미는 눈을 살짝 흘겨 뜨면서 어깨를 으쓱했다.

"그건 가짜랍니다."

"……네?"

마츠리카는 얼이 나간 것처럼 입을 동그랗게 벌렸다. 그 표정이 우스운지, 쿠루미는 웃음을 흘렸다.

"왜 그런 표정을 짓는 거죠? 당신의 짐작대로예요. —아니, 가짜라는 말이 적절한지도 의문이군요. 진짜로 존재하는지도 모르니까 말이죠."

마츠리카는 쿠루미의 말을 듣고서야 눈치챘다. 그리고 깊은 한숨을 내쉬더니, 고개를 절레절레 저었다.

"그래요……. 완전히 한 방 먹은 건가요. —이 옥션 자체가 당신이 판 함정이었던 거군요, 쿠루미 양."

"정답, 이랍니다. 진짜 영애와 제 지인에게 협력을 요청해서, 전부 준비한 것이랍니다. 오늘 출품된 것들은 전부 정교하게 만들어진 가짜예요. 당신의 모순을 파헤치기 위한 무대장치인 거죠."

"후, 후후후…… 당했네요. 이거, 완전히 한 방 먹었어요."

마츠리카는 웃으면서 그렇게 말한 후, 「하지만」 하고 덧붙였다.

"설마 이걸로 끝이라고 생각하는 건 아니겠죠?"

"뭐라고요?"

쿠루미가 미간을 찌푸리자, 마츠리카는 즐거운 듯이 미소 지었다.

"쿠루미 양답지 않은 실수군요. 범인을 단정 짓고 추리를 선보이는 건, 상대를 완전히 무력화시킨 후에 해야 하지 않을까요? 범인이 비장의 카드를 숨기고 있을지도 모르니까요."

마츠리카는 그렇게 말하더니, 품속에서 조그마한 반지를 꺼냈다.

상황상 저것은 아티팩트가 틀림없을 것이다. 쿠루미의 표정에 경계심이 어렸다.

"마츠리카 양, 당신—."

"우후후, 후후후."

마츠리카는 입술을 초승달 모양으로 일그러뜨리더니, 반지를 손가락에 꼈다.

그러자 다음 순간, 마츠리카의 모습이 안개처럼 흩어지면서 사라졌다.

그 힘, 그리고 특징은 쿠루미가 아는 것이었다. 그녀는 인상을 찡그리며 목소리를 쥐어짜 냈다.

“『기게스의 반지』……!”

그렇다. 목록에 실려 있던 아티팩트 중 하나다. 착용자의 모습을 보이지 않게 해주는 반지다. 다른 아티팩트와 함께 흩어진 줄 알았는데, 아무래도 마츠리카가 몰래 가지고 있었던 것 같았다. ―아마도, 이런 사태에 대비해서 말이다.

“잘 있어요, 쿠루미 양. 분명 다시 만나게 될 거랍니다. 이번에는 제가 정령이 된 후에 말이죠.”

어딘가에서 마츠리카의 목소리가 들려왔다. 하지만 그녀의 모습은 그 어디서도 찾아볼 수 없었다.

이대로 있다간, 마츠리카는 도망치고 말 것이다. 설령 마츠리카의 모습이 보일지라도, 지금의 쿠루미가 맨손 격투술에 능한 그녀를 제압하는 것은 어렵다. 이러는 사이에도, 그녀는 유유히 이 자리를 벗어나고 있을 게 틀림없다.

“…….”

하지만. 쿠루미는 당황하지 않았다.

이유는 두 가지다.

하나는 탐정을 자처하는 만큼, 허둥대는 모습을 보일 수는 없다.

그리고 다른 하나는― **이제 시간이 된 것이다**.

“추리의 시간은, 이미― 아로새겨져 있답니다.”

쿠루미는 오른손을 들더니, 검지와 엄지를 세웠다.

마치, 손으로 총 모양을 만들 듯이 말이다.

"유감이에요, 마츠리카 양. 당신이 죄를 인정하고 순순히 잡혀줬다면, 당신을 구할 채비도 해뒀는데 말이죠."

쿠루미는 그렇게 말하더니, 허공을 향해 총을 쏘는 시늉을 했다.

다음 순간…….

"크……?! 커, 억……."

홀 어딘가에서 고통스러운 신음이 들려오더니, 아무것도 없는 장소에서 피가 뿜어져 나왔고, 그 뒤를 이어 누군가가 쓰러지는 둔탁한 소리가 들려왔다.

"이……건…… 대체…… 무슨……!"

마츠리카의 고통스러운 목소리가, 바닥 쪽에서 들려왔다.

쿠루미는 유유히, 총구 대신 검지에 자신의 입김을 불었다.

"당신은 이런 대대적인 무대를 준비할 시간이 있었다는 점을 고려해야만 했어요. —과거에 당신이 했던 일을, 재현해봤답니다."

"설, 마……."

마츠리카는 뭔가를 눈치챈 것처럼 그렇게 말했다.

쿠루미는, 고개를 끄덕였다.

"이 결과는, 33시간 40분 전에 결정되어 있었어요. —『마탄』. 한번 발사되면, 목표에 명중할 때까지 멈추지 않고 나아가는 마성의 탄환. 설령 상대가 지구 뒤편에 있더라도.

설령 상대가— 투명해졌더라도, 말이죠.”

“뭐…….”

쿠루미가 그렇게 말하자, 마츠리카는 갈라진 목소리로 말했다.

“『마탄』……?! 맙소사, 대체 언제—.”

바로 그때, 마츠리카는 숨을 삼켰다.

아마, 생각이 난 것이리라. 지금으로부터 33시간 40분 전, 쿠루미와 마츠리카가 무엇을 했는지를 말이다.

—그렇다. 토키사키 탐정사를 나선 마츠리카가, 차에 타려던 바로 그때.

2층 창문 너머로 마츠리카를 부른 쿠루미는, 벽 뒤편으로 숨긴 오른손으로 『마탄』이 장전된 총을 쥐고 있었던 것이다.

“그때 그 경적은, 설마…….”

“네. 총성을 감추기 위해, 타이밍을 재서 울린 거랍니다.”

쿠루미가 고개를 끄덕이자, 마츠리카는 영문을 모르겠다는 투로 신음을 흘렸다.

“어째서, 제가 『기게스의 반지』를 쓰리라는 걸 안 거죠……?”

“과대평가랍니다. 지금의 저는 미래 예지를 할 수 없어요. 그저, 저에게 허락된 모든 수를 썼을 뿐이죠. 그리고 그중 하나가 효과를 발휘했을 뿐이랍니다.”

쿠루미는 목소리가 들려오는 방향으로 걸어가며, 말을 이었다.

“참, 마츠리카 양. 정신을 잃기 전에 『기게스의 반지』를 빼는 걸 권하겠어요. 어제 제가 노린 부위는 오른발이랍니다. 바로 목숨에 지장이 가는 상처는 아니겠지만, 당신의 모습이 보이지 않아서야 응급처치도 해줄 수 없으니까요.”

“크…….”

마츠리카는 분하다는 듯이 신음을 흘리더니, 홀 바닥에서 모습을 보인 후— 그대로 기절했다.

◇

—이리하여, 스카라베 저택 습격 사건은 막을 내렸다.

마츠리카의 신병은 믿을 수 있는 협력자에게 맡기기로 했다. 아티팩트의 존재를 널리 알릴 수 없는 만큼, 공권력에 의지할 수는 없으니 말이다.

의뢰인이 없어졌으니, 긴 것 같으면서도 짧았던 쿠루미의 탐정 놀이도 막을 내리게 됐다. 쿠루미는 평범한 대학생으로 돌아가서, 예전처럼 『부업』에 힘쓰는 생활을 하게 되리라.

“……이렇게 나가게 되니, 한편으로 아쉽군요.”

역 앞 상가 빌딩 2층에 있는 토키사키 탐정사 사무실의 의자에 앉아서, 쿠루미는 감회가 묻어나는 한숨을 토했다.

스카라베 저택 습격 사건이 해결됐고, 스폰서도 없어졌으니, 이 사무소를 유지할 의미도 없다. 쿠루미는 자신의 물건을 챙기고 마지막으로 대청소를 하기 위해, 이곳에 방문했다.

반강제적으로 시작한 탐정업이지만, 어느새 이 사무실에 애착이 생긴 것 같았다. 비치된 책상을 손가락으로 훔치면서, 텅 빈 책장을 응시했다.

"하아—."

또 한숨을 토한 쿠루미는 시선을 돌려서 방 안쪽에 있는 것을 힐끔 쳐다보더니, 그대로 움직임을 멈췄다.

거기에는 일전의 옥션에서 마지막에 출품된 『정령의 옷』이, 아무 말 없이 존재감을 내뿜고 있었다.

쿠루미가 이제까지 손에 넣은 아티팩트는 진짜 소유자인 여자아이에게 돌려줬지만, 이 『정령의 옷』은 평범한 옷이기에 이 사무실에 남겨졌다.

"하아……. 이런 곳에 두고 갈 수도 없는데 말이죠."

쿠루미는 한숨을 내쉬더니, 잠시 후에 다시 그 옷을 힐끔 쳐다봤다.

"……."

아무도 없는 사무실 안에서, 그림자와 피로 염색된 듯한 드레스가 그 위용을 뽐내고 있었다. 그 그리운 모습을 보자,

쿠루미는 자신의 마음에 파문이 일어나는 느낌을 받았다.

"지금은…… 보는 사람이 없으니까요."

변명하듯 그렇게 중얼거린 쿠루미는 주위를 살피며 옷을 벗더니, 그 레플리카를 입었다.

"흠……. 꽤 괜찮은 천으로 만들었군요. 부츠도 신경 써서 만들었고, 디자인도 꽤 정확해요. 뭐, 『저희들』은 정령 중에서도 목격 사례가 많은 편이니까, 마술사의 후예라면 사진 정도는 입수할 수 있을지도 모르니—."

바로 그때였다.

"실례합니다—. 토키사키 쿠루미 씨가 여기 계시다고 들었는데요……."

쿠루미가 의상을 다 입은 순간, 갑자기 사무실의 문이 열렸다.

그 사람은 두꺼운 안경을 낀 초등학생으로 보이는 여자애였다. 낯익은 얼굴이었다. —마술사의 후예이자, 아티팩트의 진짜 소유자인 여자애다.

"아."

"아."

여자애와 쿠루미는 시선이 마주친 순간, 누가 먼저랄 것 없이 소리를 냈다.

잠시 침묵이 이어진 후, 여자애가 송구하다는 듯이 고개를 숙였다.

“실례했어요……. 다음에 다시 찾아올게요.”

“잠깐만 기다려주세요! 이상한 착각을 한 것 아닌가요?!”

쿠루미는 새된 목소리로 그렇게 외치더니, 사무실에서 나가려 하는 여자애를 필사적으로 잡았다.

“아뇨, 죄송해요. 취미를 즐기시는 중인데, 방해했네요. 제 용건은 나중으로 미뤄도 되니까…….”

“저기, 그런 게 아니랍니다! 이건…… 시험 삼아 한번 입어봤을 뿐이에요!”

“하지만…….”

“정말 괜찮답니다! 자, 들어오세요!”

쿠루미는 자포자기한 목소리로 그렇게 외치더니, 여자애를 사무실 안으로 들였다. 마음 같아서는 옷을 갈아입은 후에 응대하고 싶지만 어쩔 수 없다. 쿠루미는 볼을 붉힌 채 여자애를 쳐다봤다.

“……그런데, 무슨 일이시죠?”

“저기, 실은 쿠루미 씨에게 부탁을 드리고 싶어서 찾아왔어요.”

“부탁? 뭔가요?”

쿠루미가 묻자, 여자애는 고개를 끄덕이며 말했다.

“—쿠루미 씨가, 이 토키사키 탐정사를 계속 운영해주셨으면 해요.”

“뭐라고요?”

쿠루미는 미심쩍은 듯이 미간을 찌푸렸다.

"그게 무슨 소리죠? 습격범인 마츠리카 양은 잡혔어요. 이제 저는 필요 없지 않나요?"

"그 건에 관해서는 진심으로 감사드려요. 하지만, 저희 저택의 창고에서 흩어진 아티팩트 중 다수가 아직 회수되지 않았어요. 물론 회수를 진행하고 있지만, 숫자가 많은 탓에 행방을 모르는 것도 있을 테고, 반환을 거부당할 가능성도 부정할 수 없어요. 그리고, 제가 소재를 파악하기 전에 아티팩트 크라임이 발생할 가능성도 있죠. 그런 사태에 대비해, 쿠루미 씨께서 탐정으로서 계속 도움을 주셨으면 해요. 물론 그에 상응하는 보수를 지불하겠으며, 필요 경비는 저희 가문에서 전부 부담하겠어요. 진심으로 부탁드려요."

나이에 어울리지 않는 똑 부러지는 어조로 그렇게 말한 여자애는 고개를 숙였다.

팔짱을 낀 채 이야기를 듣고 있던 쿠루미는 「확실히—」 하고 말했다.

"틀린 말은 아니군요. 회수하지 못한 아티팩트가 있는 만큼, 거기에 대처할 거점을 남겨두고 싶다는 건 합리적인 판단이랍니다. —하지만, 제가 그 역할을 맡을지 말지는 별개의 이야기 아닐까요?"

"맞는 말씀이에요……."

어깨를 움츠리며 그렇게 말한 여자애는 자연스럽게 호주머니에서 스마트폰을 꺼내더니, 쿠루미를 향해 렌즈를 들면서 화면을 터치했다. 찰칵하는 카메라 셔터음이 사무실 안에 울려 퍼졌다.

“쿠루미 씨가 내키지 않아 하신다면, 강요는 할 수 없겠죠.”

“잠깐만 있어 보세요. 방금 뭘 찍은 거죠?”

“제가 할 수 있는 건, 성심성의를 다해 부탁을 드리는 것뿐이에요…….”

여자애는 진지한 표정으로 그렇게 말하면서 화면을 보여줬다. 거기에는 붉은색과 검은색으로 된 드레스를 걸친 쿠루미의 모습이 담겨 있었다.

“아직 어린데도 참 뻔뻔한 분이군요.”

쿠루미는 볼을 타고 흘러내리는 땀방울을 느끼면서, 졌다는 듯이 한숨을 내쉬었다.

“사진을 지워주세요……. 조금 심술을 부려봤을 뿐이랍니다. 그런 식으로 협박하지 않더라도, 승낙할 생각이었어요.”

“아……! 정말인가요?”

여자애의 표정이 환해졌다. 쿠루미는 조용히 고개를 끄덕였다.

“그렇답니다. —어차피 흩어진 아티팩트를 찾아서 회수할 생각이었으니까요.”

“네?”

"혼잣말이에요."

쿠루미는 얼버무리듯 그렇게 말한 후, 오른손을 내밀었다.

"그럼 다시 인사를 나눌까요. 앞으로 잘 부탁드리겠어요."

"네—!"

여자애는 환한 미소를 머금으며, 쿠루미의 손을 움켜잡았다.

쿠루미는 악수를 하면서, 옅은 미소를 머금었다.

"자— 저희의 추리를 시작하죠."

■ 작가 후기

처음 뵙는 분은 처음 뵙겠습니다. 오랜만에 뵙는 분은 오랜만입니다. 타치바나 코우시입니다.

『마술탐정 토키사키 쿠루미의 사건부』를 여러분께 전해드립니다. 어떠셨는지요. 재미있으셨기를 빕니다.

아마 대부분의 독자 여러분은 알고 계시겠지만, 이 작품은『데이트 어 라이브』라는 시리즈에 등장한 토키사키 쿠루미란 캐릭터를 주인공으로 삼은 단편집입니다. 처음부터 독립된 작품으로 집필하지는 않았습니다만, 어느새 이런 형태가 됐습니다. 불가사의하군요…….

애초에 원작이 판타지였기에 타이틀에 사건부라 적혀 있는데도 미스터리라기에는 너무 터무니없는 이야기가 되고 말았습니다. 그래도 이런 작품이 나올 수 있는 점이 라이트노벨이란 장르의 장점이라고 생각합니다.

참고로 쿠루미는 왼쪽 눈이 시계인 게 트레이드마크지만, 본편 종료 후의 이야기라서 눈은 원래대로 되돌아왔습니다. 싫어, 싫어! 표지에 시계 넣고 싶어! 하고 응석을 부렸더니, 일러스트를 맡아주신 츠나코 씨께서 멋진 표지를 그려주셨습니다. 역시 쿠루미에게는 시계가 잘 어울립니다. 여러분도 그렇게 생각하시죠?

자, 이번에도 많은 분께서 도와주신 덕분에 책을 낼 수 있었습니다.

일러스트를 맡아주신 츠나코 씨. 디자인을 맡아주신 쿠사노 씨. 담당 편집자님. 항상 신세 많이 지고 있습니다. 이번에도 멋진 결과물을 내주신 여러분께 진심으로 감사드립니다.

편집, 출판, 유통, 판매 등, 이 책의 발매에 관여해주신 모든 분. 그리고 이 책을 손에 들고 계신 당신께 진심으로 감사드립니다.

특수한 형식의 책입니다만, 독자 여러분께서 응원해주신다면 또 이 작품을 통해 여러분을 찾아뵐 수 있을지도 모릅니다. 그때는 아무쪼록 잘 부탁드립니다.

2023년 9월 타치바나 코우시

The artifact crime files
kurumi tokisaki

최초 수록

Case File Ⅰ
쿠루미 디텍티브
드래곤 매거진 2022년 9월 호

Case File Ⅱ
쿠루미 돌
드래곤 매거진 2023년 7월 호

Case File Ⅲ
쿠루미 리스토란테
드래곤 매거진 2023년 9월 호

Case File Ⅳ
쿠루미 시크릿 가든
드래곤 매거진 2023년 11월 호

Case File Ⅴ
쿠루미 옥션
신작 단편 소설

■ 역자 후기

안녕하십니까. 근로청년 번역가 이승원입니다.

『마술탐정 토키사키 쿠루미의 사건부』를 구매해주셔서 진심으로 감사드립니다.

올해도 찾아온『데이트 어 라이브』!

네? 이건『데이트 어 라이브』가 아니라고요?『마술탐정 토키사키 쿠루미의 사건부』라고요?

그러면 어떻습니까!

우리의 소녀 가장(대학생을 소녀 가장이라고 해도 될지 ^^) 쿠루미가 나오는걸요!

『데이트 어 불릿』에 이어서 또 단독 주인공인 스핀오프 작품이 나온 쿠루미!

독자 여러분께서도 쿠루미의 활약을 즐겨주시길!

그럼 이번 권에 관한 이야기를 조금 해볼까 합니다. 스포일러가 포함되어 있으니 아직 본문을 읽지 않으신 분은 유의해주시길!

『마술탐정 토키사키 쿠루미의 사건부』는 신비한 힘을 지닌 아티팩트를 이용해 일으킨 불가능 범죄를 쿠루미가 탐정으로서 개입해서 해결하는 이야기입니다.

오리가미를 비롯해 리얼라이저의 힘을 사용하는 인공 마술사가 아니라, 그 이전의 시대에 존재한 순수한 마술사인 메이거스가 만들어낸 마술공예품을 아티팩트라 부릅니다.

마술사의 후예가 도둑맞은 다수의 아티팩트. 신비한 힘을 지닌 그 아티팩트를 가진 범인은 현실에서 있을 수 없는 불가능 범죄를 저지릅니다. 그리고 그 정보를 입수한 쿠루미는 범인을 밝혀내고 아티팩트를 회수하죠. 치고받는 게 아니라 추리로 범인을 궁지에 모는 쿠루미, 때때로 얼굴을 비추는 반가운 얼굴, 그리고『데이트 어 라이브』팬의 심금을 울리는 요소!

『데이트 어 라이브』 시리즈의 팬 여러분, 그리고 이 작품을 통해『데이트 어 라이브』 세계관을 접하게 된 독자 여러분도 재미있게 즐기실 수 있을 거라 믿어 의심치 않습니다!

그럼 이만 줄이겠습니다.

언제나 재미있는 작품을 맡겨주시는 L노벨 편집부 여러분. 정말 감사합니다. 앞으로도 잘 부탁드립니다.

놀러오면서 파스타면 사온 악우여. 아니, 파스타 먹고 싶다고 면 사 들고 작업실에 쳐들어오면 어떻게 하냐…….

다음에는 그냥 가까운 파스타집 가서 사 먹으라고…….

마지막으로 언제나 제게 버팀목이 되어주시는 어머니와 『마술탐정 토키사키 쿠루미의 사건부』를 읽어주신 모든 분에게 진심으로 감사드립니다.

언젠가 『데어라』 세계관의 새로운 작품의 역자 후기 코너에서 다시 뵙겠습니다!

2024년 5월 말

역자 이승원 올림

마술탐정 토키사키 쿠루미의 사건부

초판 1쇄 발행 2024년 9월 10일

지은이_ Koushi Tachibana
일러스트_ Tsunako
옮긴이_ 이승원

발행인_ 최원영
본부장_ 장혜경
편집장_ 김승신
편집진행_ 권세라 · 최혁수 · 김경민 · 최정민
커버디자인_ 양우연
국제업무_ 박진해 · 조은지 · 남궁명일
관리 · 영업_ 김민원 · 조은걸

펴낸곳_ (주)디앤씨미디어
등록_ 2002년 4월 25일 제20-260호
주소_ 서울시 구로구 디지털로 32길 30, 코오롱디지털타워빌란트 1301-1308호
전화_ 02-333-2513(대표)
팩시밀리_ 02-333-2514
이메일_ lnovellove@naver.com
L노벨 공식 카페_ http://cafe.naver.com/lnovel11

ISBN 979-11-278-7761-3 04830
ISBN 979-11-278-7760-6 (세트)

값 8,500원